어느 날

로맨스 판타지를

읽기 시작했다

어느 날
로맨스 판타지를
읽기 시작했다

안지나

 이음

안지나

어느 날 웹소설을 읽기 시작한 문학 연구자. 어릴 때부터 세상 모든 이야기를 사랑하다 보니 문학을 전공하고 연구자가 되었다. 숙명여자대학교 국어국문학과를 졸업하고 일본 도쿄대학교에서 박사 학위를 취득했다. 저서로 『만주이민의 국책문학과 이데올로기』, 『기억과 재현』(공저), 『문화산업시대의 스토리텔링—OSMU를 중심으로』(공저)가 있으며, 2020년 초고령화사회에서 장녀들에게 닥친 돌봄노동의 현실을 그린 소설집 『장녀들』을 옮겼다. 현재 대학에서 비교문화와 비교문학을 가르치고 있다.

차 례

추천의 말 · 6

들어가기 전에 · 10

chapter 1
여성을 위한 이야기 · 21

chapter 2
지금 우리는 무엇을 사랑할까 · 55

chapter 3
우리는 누구인가? · 95

그리고 다시, 새로운 이야기의 세계에 · 140

부록 · 154

추천의 말

주말엔 종종 소파와 한 몸이 되어 로맨스 판타지를 읽는다. 나만의 '길티 플레저guilty pleasure'라 생각해 누구와 감상을 나눠본 일은 없다. 근데, 저자가 옆구리를 쿡쿡 찌른다. 요즘 뭐 읽는데? 같이 얘기해 볼까? '길티'할 이유, 없잖아!

이 세상의 차고 넘치는 이야기 가운데 나(우리)는 왜 지금 로맨스 판타지에 빠져 있을까? 그 이유를 추적해가는 경험은 꽤나 흥미롭다. 나는 지금 누구를 만나 어떤 사랑을 하고 싶은지, 내가 바라는 삶의 형태와 대우는 무언지, 그리하여 나란 과연 어떤 인간인지. 저자는 로맨스 판타지의 생명력이란 "여성의 욕망을 있는 그대로 긍정하는, 나아가 아무런 조건 없이 이를 응원하는" 데서 나온다고 말한다. 그러니까 나는 동시대 여성들과 이야기를 통해 만나고, 공감하고, 함께 다독이는 중이었구나… '길티함'을 던져버릴 용기가 생긴다.

'내가 로판 좀 읽지' 하는 사람이라면 무조건, 무조건이다. 그동안 수많은 밤을 꿀꺽 삼켜버린 그 이야기들을 다시 꺼내 읽고 싶은 마음이 무럭무럭 솟아오를 것이다. '피폐물', '힐링물'이 대체 무엇인고, 하는 사람이라면 더더욱 환영이다. 지금부터 인생에 커다란 재미 하나를 추가하게 될 테니까.

무엇보다 읽고 싶은 작품을 잔뜩 발견해 든든할 뿐이다. 고전적인 '북부대공파'이지만 시대의 흐름에 발맞춰 '조신남'에게도 애정을 나눠줘 볼까 싶다. '취향저격'일 것이 분명한 『그 오토메 게임의 배드엔딩』부터 시작할까, 결말이 너무나 궁금한 『계모인데 딸이 너무 귀여워』부터인가, 결국 다 읽을 거면서 즐거운 고민에 빠져 있다.

이영희 (『어쩌다 어른』, 『안녕, 나의 순정』 저자)

욕망할 만한 사랑, 적절한 관계에 대한 규범은 사회 구성원 간의 끊임없는 곁눈질과 느슨한 합의를 거치며 이동한다. 페미니즘 리부트는 사랑을 의심하게 만들었다. 남성이 위협적이거나, 신뢰할 수 없거나, 권력 차를 상기시키는 기호로 변화한 이상 이성과의 '가장 친밀하고 안락한 관계'라는 신화도 심문에 부쳐져야 했던 것이다. 당장은 데이트폭력과 안전이별을 경계하고, 미래에는 돌봄노동과 경력단절을 의식하지 않을 수 없는 사랑은 자꾸만 낭만으로부터 멀어진다. 아녀자의 한낱 공상이라는 식으로

멸시당해 왔던 로맨스적 상상력은 이제 현실을 충분히 각성하지 못한 여자들의 한가한 소리로 취급되는 듯도 하다. 그러나 현실이 거북하다고 욕망까지 단념할 수 있을까. 문학 연구인 저자가 로맨스 판타지 웹소설을 탐독하며 관찰하고 질문한 바를 여성주의적 관점으로 풀어 쓴 책, 『어느 날 로맨스 판타지를 읽기 시작했다』는 분명히 존재하는 욕망의 분출구로서 로맨스 장르의 기능을 긍정한다.

이 책에는 흥미로운 읽을거리가 많다. 로맨스 판타지를 향해 우회하고 돌진하는 동시대 여성의 욕구를 분석하면서도, 고전이나 근대문학과 견주어가며 텍스트에 관한 통시적 이해도 제공하기 때문이다. 웹툰이나 웹소설의 경향을 분석하다 보면 그 새로움에 몰두하느라 과거와의 지나친 단절을 시도하는 실수를 저지르기 쉽다. 그와 달리 이 책에서 로맨스 판타지는 서사 예술의 연속성 위에서 발견된다. 로맨스, 판타지, 웹소설이라는 이유로 본격적인 평론의 기회를 누리기 어려운 장르의 위치를 생각하면 이 책이 가지는 의의는 분명하다.

환상적이면서도 세속적인 이 여자들의 놀이터를 한번 들여다보자. 현시대 여성 소비자를 상대로 '팔리는' 이성애 로맨스를 쓰기란 만만한 일이 아니고, 그래서 로맨스 판타지 웹소설은 최상의 정치적 올바름을 구현하지는 않을지언정 때때로 놀랍도록 솔직해진다. 이 장르가 순응하는 바, 극복하려는 바조차도 지금 한국 여성의 욕망이 어디쯤 서 있는지를 가리키는 지표인지 모를 일이다.

탱알 (『다 된 만화에 페미니즘 끼얹기』 저자)

로맨스는 오랜 기간 여성들의 세계였다. 여성의 것은 폄하되기 마련이다. 흔히 '할리퀸'이라 여겨지는 로맨스는 주부가 부엌 테이블에서 '갈겨' 쓴 것이라며 전문성, 예술성도 없고, 진지하게 쓰이지 않았다는 말을 들었다. 게다가 장르소설, 대중소설은 그 자체로 평가 절하되며 진지한 읽기의 대상으로 여겨지지 않는다.

『어느 날 로맨스 판타지를 읽기 시작했다』는 '어느 날', 하지만 언제나 우리 옆에 있었던 '로맨스/판타지'를 다시 들여다볼 것을 권한다. 앞서 로맨스가 받았던 전문성, 예술성이 없다는 비난과 등단의 문턱이 낮다는 웹소설의 특징은 바꿔 말하자면 로맨스 판타지의 화자가 바로 '보통 사람'이라는 것을 의미한다. 이 '보통 사람'들의 욕망과 희망은 바로 이 시대를 살아가는 또 다른 '보통 사람'인 우리와 공명한다. 이 책은 평범한 사람들이 장르의 문법으로 직조해낸 글귀 속에 스며든 삶과 고민을 읽어낸다. 행복과 고통, 상처와 치유, 구조 안에서의 개인과 변화한 현실의 인식, 그리고 변화의 시도까지 읽어낼 수 있는 방법을 제안한다. 물론, 왜 우리가 '로판'을 보는지도 포함해서 말이다.

김휘빈 (『마리아의 아리아』, 『웹소설 작가 서바이벌 가이드』 저자)

들어가기 전에

어느 날 나는 로맨스 판타지를 읽기 시작했다. 그 의미를 설명하려면 먼저 나 자신의 맥락을 설명해야 할 것 같다. 나는 미디어와 스토리텔링 수업을 맡았고, 자연히 관심이 한두 세기 전의 작품을 다룬 종이책을 벗어나 그 바깥으로 이동할 수밖에 없었다. 그 관심과 흥미는 이윽고 '급변'이라고밖에 표현할 수 없을 정도로 빠르게 변화하고 있는 한국사회와 웹 미디어로 확장되었다. 그 중에서도 내가 주목한 것은 웹소설이었다. 웹 미디어와 문학의 결합인데다가, 내 수업을 듣는 학생들이 일상에서 쉽게 접하는 만큼 관심을 가질 법했다. 내게도 아주 낯선 분야는 아니었다. 이미 PC통신문학이 한차례 유행한 것을 보았고, 그 중 가장 유명한 작품으로 손꼽히는 『드래곤 라자』에 관한 논문을 한 편 쓴 적이 있기도 했다. 솔직히 웹소설이 PC통신문학과 크게 다르지 않을 것이라고 안이하게 생각했던 것도 사실이다.

그러나 나는 예상했던 것과 완전히 다른 것을 발견했다. PC통신문학은 물론 현재 웹소설의 직접적인 조상이라고 할 수 있겠지만, 웹소설은 규모가 다르고 내용이 다르고, 매체가 달랐다. 무엇보다 내 예상보다 훨씬 많은 독자들과 작가들이 하루가 다르게 웹소설을 거대한 문화산업으로 성장시키고 있었다.

그 중에서도 내가 주목한 것은 '로맨스 판타지'라는 장르였다. 기존 순정만화와 유사한 이미지의 삽화와 표지는 친숙한 인상을 주었고, 남녀 주인공의 관계는 순정만화나 '할리퀸'과 같은 로맨스 소설, 혹은 1990년대 할리우드 영화와 비슷해 보였다. 정령, 드래곤, 마법, 악마, 검사 등 판타지 요소는 판타지 문학에서 종종 보던 것이었다. 하지만 쓰는 사람도, 읽는 사람도, 스마트폰이라는 주요 매체까지 달랐다. 무엇보다 내용이 판이하게 달랐다. 서양의 『반지의 제왕』이나 『던전 앤 드래곤Dungeons & Dragons』 같은 TRPGTabletop/Table-talk Role Playing Game의 영향, 그리고 『로도스도 전기』 같은 일본 판타지의 영향도 일부 보였던 PC통신문학의 판타지 장르와 다르게 오늘날 웹소설의 로맨스 판타지는 완전히 독자적인 장르로서 장르 내부의 규칙들과 설정들이 세분화되어 있었다.

처음에는 로맨스 판타지에서 판타지보다 로맨스 비중이 큰 것처럼 보였지만, 소위 '육아물'이라고 불리는 작품들이 인기를 얻는 것을 보면 그것도 아니라는 생각이 들었다.

현재 '육아물'은 대체로 말 그대로 '육아'를 하는, 즉 아이의 양육이 서사의 주요 요소인 작품을 지칭하는 용어로 통용된다. 이 경우 어린 주인공이 애교나 특별한 재능을 발휘하여 아버지나 오빠 등 가족이 자신을 사랑하도록 만들거나, 어머니나 아버지, 혹은 보호자가 주인공이 되어 아이를 양육하는 경우까지 포함한다. 주요 내용이 가정 내의 육아이기 때문에 아버지가 폭군이라든가 주인공이 가족에게 학대를 받는 등의 예외적인 설정이 없으면 다른 웹소설에 비해 이야기가 평이하게 진행되는 경향이 있다.

웹소설이 자극적인, 흔히 말하는 '사이다' 서사로 진행된다는 점을 생각하면 '육아물'이 인기가 있는 것은 신기한 현상으로 보였다. 웹소설을 향한 나의 시각을 완전히 바꿔놓은 것도 이 '육아물' 중 한 작품이었다.

당시 나는 무료 웹소설 연재 앱에서 한 연재소설을 읽고 있었다. 내용은 귀족 가문의 막내딸인 주인공이 부모님과 오빠들에게 사랑받는 것이 대부분이었다. 구체적인 갈등이 없는데도 이야기가 이어지는 것이 흥미로웠다. 조회수나 추천수는 높지만 중심적인 갈등이 없기 때문에 상업소설로 출판하기는 어렵지 않을까 생각하던 참이었다.

어느 날 작가가 더 이상 소설을 쓸 수 없다고 선언했다. 무료 연재였기 때문에 연재를 시작하거나 중단하는 것은 작가의 자유였다. 하지만 어느 정도 인기가 있었기 때문에 의아해하던 차, 작가의 말을 읽어보고 나는 충격을 받았다. 작가는 청소년이었고, 자신의 부모가 이혼 소송 중이라고 했다. 가정의 불화를 견디기 위해 주인공이 가족에게 무조건 사랑받는 소설을 썼지만 결국 부모님이 이혼하게 되었고 자신은 전학을 가야 해서 연재를 무기한 중단한다고 했다. 그 공지에 무수한 댓글이 달렸다. 비슷한 경험을 한 독자들이 기꺼이 자신의 경험을 공유하며 따뜻한 말로 작가를 위로하고 있었다.

그때 내가 느꼈던 감정을 어떻게 표현할 수 있을까? 처음에 느낀 것은 당혹감이었다. 나는 작가의 경험이 바탕이 되었다 하더라도 어느 정도 정제된 소설을 읽고 있다고 생각했다. 그렇기 때문에 갈등이나 인물, 서사 구조를 보며 자연스럽게 작품을 평가하고 있었던 것이다. 하지만 내가 읽고 있었던 것은 상처 입은 청소년이 스스로를 치유하기 위해 힘겹게 만들어낸 가공의 세계였다. 그리고 비슷한 상황의 독자들이 그 소설을 읽는 행위를 통해 위안을 받고 있었다. 나는 무엇인가, 아주 개인적이고 섬세한 것을 함부로 엿보고 재단한 듯한 부끄러움을 느꼈다.

그 일을 경험하고 난 뒤 웹소설, 특히 로맨스 판타지를 바라보는 나의 시선은 완전히 바뀌었다. 물론 모든 웹소설 작품이 청소년 작가의 정제되지 않은 작품인 것은 아니다. 하지만 그럴 수도 있었다. 누구나 작가가 될 수 있고, 연재할 수 있다. 기존의 문학 작품을 평가하는 기준이 되는 짜임새 있는 서사 구조나 개성적인 인물, 이야기의 개연성과는 다른 장점을 가진 이야기들이 매일 쏟아지고 있었다. 그리고 무엇보다 작가와 작품, 독자의 관계가 종이책과는 확연히 달랐다. 웹소설은 동시대의 독자들과 말 그대로 '호흡'을 같이하는 문학이었다. 그리고 이렇게 달라진 시선으로 로맨스 판타지라는 장르를 다시 바라보았을 때, 나는 처음으로 이 장르가 철저하게 동시대의 여성 독자를 위한 이야기임을 인식할 수 있었다.

남성과 여성의 차이점을 이야기할 때 흔히 남성은 목표 지향적, 여성은 관계 지향적이라는 사회적 통념이 존재한다. 웹소설을 보면 일견 그 속설이 들어맞는 것처럼 보인다. 주로 남성 독자를 대상으로 하는 '판타지 무협' 소설들에서는 낭만적인 연애를 거의 찾아볼 수 없다. 대부분의 판타지 무협 소설들은 끊임없이 성장과 획득의 서사를 반복하며, 여성 인물과의 감정적인 교류는 거의 등장하지 않는다.

반면 로맨스 판타지 소설들은 로맨스이기 때문에, 즉 이성과의 연애를 전제로 하는 장르의 특성상 서사가 기본적으로 어떤 '관계'를 중심으로 구성된다. 내가 로맨스 판타지 소설을 읽으면서 느낀 것은 그 관계가 실로 다양하며, 그 이상으로 매우 빠르게 변하고 있다는 사실이었다. 설령 이야기의 중심이 멋진 이성과의 낭만적인 연애라 해도, 기존의 한국사회가 이상적으로 여기던 낭만적인 연애와는 현격한 차이가 있었다. 어째서일까? 나는 점점 로맨스 판타지 소설을 읽는 것이 흥미진진해졌다. 그것은 친숙한 모양을 하고 있지만 맞춰보면 예상하지 못한 풍경을 보여주는 퍼즐 게임 같았다.

예를 들어, 로맨스 판타지 소설은 여성이 관계 지향적이라는 사회적 통념을 증명하는 것처럼 보인다. 하지만 이것은 여성 독자들이 반드시 '관계'를 좋아한다는 뜻은 아니다. 여성 독자들이 주로 소비하는 로맨스 판타지가 '관계'를 중심으로 하는 소재가 많다는 것은 오히려 여성이 그만큼 '관계'에서 비롯된 사회적 압력과 스트레스를 받고 있다는 뜻으로도 읽을 수 있는 것이다. 왜 아니겠는가?

한국사회에서 여성은 딸, 여동생, 누나, 언니, 아내, 며느리, 어머니, 이모, 고모, 할머니로서 일상적으로 관계 속에서 가족을 위해 애정을 표현하고 돌봄노동과 배려를 하는 존재로서 기대되고, 키워지고, 살아간다. 그 무수한 '관계' 속에서 여성들은 안정과 행복을 느끼기도 하지만 불안이나 부담, 고통을 느끼기도 한다. 그렇기 때문에 '관계'는 그것이 긍정적이건 부정적이건 마르지 않는 창작의 소재가 될 수 있는 것이다. 그리고 로맨스 판타지가 보여주는 그 무수한 '관계'의 세계는, 어쩌면 내가 지금 한국사회의 다양한 여성들이 살고 있는 세계를 전혀 보지 못하고 있었던 것이 아닐까 하는 의구심을 가지게 했다. 내가 하루에도 수백 편씩 쏟아지는 로맨스 판타지 소설을 모두 읽고 치밀하게 분석했다고 주장하려는 것은 아니다. 할 수 없다는 것이 솔직한 말일 것이다. 인기작을 중심으로 보기는 했지만, 내게도 취향이 있고 그 취향은 솔직히 아주 대중적이지는 않다.

하지만 대략 2014년부터 2021년 초까지, 나는 로맨스 판타지가 주로 온라인에서 매우 독특하게 발전, 변화하는 모습을 목격했다고 생각한다. 그리고 그것을 주도한 것은 로맨스 판타지를 창작하는 작가들과 이에 호응하는 독자들의 활발한 상호 작용이었다. 이들은 대부분 여성들이었고, 로맨스 판타지는 자연히 이 시기 한국 여성들 사이에 새롭게 일어난 생동하는 페미니즘의 영향을 받았다. 어떤 '관계'를 전제로 함(로맨스)과 동시에 현실의 제약에서 자유로움(판타지)이 결합한 장르 특성상 자연스러운 현상이었다. 나는 이 변화들이 몹시 흥미롭고 재미있었지만, 논문으로 정리하기에는 지나치게 직관적이고 무엇보다 정제된 언어로는 제대로 표현할 수 없다고 느꼈다.

그래서 나는 이 책을 지나치게 학술적이지 않은, 가볍고 재미있는 읽을거리로 만들려고 했다. 이 책에 내가 실제로 재미있게 읽고 때로는 충격을 받기도 했던 이야기들, 주로 웹소설이지만 그 밖에도 드라마, 웹툰, 영화, 역사 이야기를 가볍게 담았다. 물론 모든 이야기들에 공감하고 즐거웠던 것은 아니다. 때로는 불쾌하기도 했고, 그 이유를 며칠씩 곱씹으며 친구에게 시간 가는 줄 모르고 투덜거리기도 했다. 돌이켜보면 그것 역시 재미있는 일이었다. 왜 내가 그 소설에 재미를 느끼는지, 불쾌감을 느꼈는지를 스스로 생각하고 자신의 목소리로 이야기하고 누군가가 그것을 들어주며 함께 의견을 나눈다는 것.

그러니까, 이 책의 기본 취지는 이런 것이다. 어느 날 로맨스 판타지 소설을 읽기로 한 친구가 '이러이러한 점이 재미있고 어떤 점은 문제가 있다고 생각해. 특히 로맨스 판타지 소설을 통해 우리가 이렇게 다양하게 느끼고/생각하고/변화하고 있는 점이 재미있어. 어떻게 생각해?'라는, 사소하지만 어쩌면 중요할 수도 있는 질문을 던지는 일이다. 이 질문들이 지금 '우리'가 '우리'를 이해하는 데 조금이라도 흥미를 일으킨다면, 그 이상으로 바랄 바는 없을 것이다.

이음출판사의 노고에 깊은 감사를 드린다. 바쁜 일상 속에서 한 달에 한 번 기꺼이 시간을 내어 웹소설에 관한 이야기를 나눈 DMS(디지털 미디어 스토리텔링) 세미나 구성원 분들에게 존경과 감사를 전한다. 2020년 서울국제도서전에서 페미니즘과 웹소설/웹툰 관련 자리를 마련해주신 대한출판문화협회 분들께도 감사드린다. 늘 물심양면으로 지원해준 우리 가족과 해박한 지식과 통찰력으로 원고에 귀한 조언을 해준 후배 심은경, 도쿄에서 바쁜 직장 생활에 쫓기면서도 솔직한 감상으로 긴장과 보람을 동시에 느끼게 해준 친구 김희순에게 애정과 감사를 전한다.

내가 사랑한 이야기들

나는 기억하는 한 늘 이야기를 좋아했다. 파랑새 세계명작 전집과 위인전 전집, 잡지, 집안에 숨어 있던 세로 읽기의 문고본, 도서 대여점, 학급문고 등등 책을 가리지 않고 읽었다. 신화, 전설, 역사도 마찬가지로 이야기였기에 좋아했다. 그리스 로마 신화, 길가메시, 니벨룽겐의 노래, 아서왕 이야기, 성배 전설, 십자군, 백년전쟁, 종교전쟁, 프랑스대혁명……. 얼마 전에 오랜만에 만난 친한 선생님과 그런 화제로 수다를 떨다가 문득 왜 그런 이야기를 아직도 좋아하냐는 질문을 받았다. 전공자가 아닌 이상 어렸을 때 그런 이야기들을 좋아하다가도 점차 흥미가 사라지기 마련인데, 먹고 살기 바쁜 이 나이까지도 관심을 가지는 이유가 무엇이냐는 것이다. "바로 전공자가 아니기 때문이 아닐까요." 그렇게 답하고 웃고 떠들며 헤어졌지만, 그 질문은 내 머릿속 한 구석에 끈질기게 남아 있었다.

그 중에서도 내가 가장 사랑한 책들의 목록을 나열하자면 이렇다. 마르그리트 유르스나르의 『하드리아누스 황제의 회상록』, 크리스토프 바타유의 『다다를 수 없는 나라』, 미르치아 엘리아데의 『영원회귀의 신화』, 파스칼 브뤼크네르의 『순진함의 유혹』, 아룬다티 로이의 『작은 것들의 신』. 부동산의 압박에 시달리는 서울 거주민답게 가지고 있는 책은 대부분 연구실로 옮겨놓았지만, 이 다섯 권만은 집의 책장에 꽂아놓았다. 마르그리트 유르스나르는 "어떤 남자의 머릿속을 이해하고 싶다면 그 남자의 책장을 보라"고 했다. 꼭 남자가 아니어도 책을 좋아하는 사람이라면 비슷하지 않을까?

하지만 이렇게 고백하면 자칫 사대주의자라는 날 선 비난을 받을 것 같은 기분도 든다. 굳이 변명하자면 나는 한국문학을 많이 읽었고, 지금도 읽고 있다. 다만 한국문학, 특히 근현대문학은 대개 가혹하고, 잔인하고, 슬픈 이야기들이었다. 어린 시절의 내가 그저 '좋아한다'고 가볍게 이야기하기에 그런 아픔이나 고통은 너무 가깝게 느껴졌고, 될 수 있으면 직시하고 싶지 않은 것으로 가득 차 있었다. 시대가 가까우면 가까울수록 쉽게 공감할 수 있었지만 그만큼 아프고 고통스러웠다. 연구자로서의 내가 바로 그 직시하고 싶지 않은 것들을 연구하게 된 것을 생각하면 아이러니한 일이다.

아마도 이것은 얼마나 공감할 수 있고, 이해할 수 있냐의 차이일 것이다. 한 번도 가보지 못하고 생활하지 못한 낯선 지역의 역사와 문화를 아는 것은 즐겁다. 거기에도 물론 아픔이 있지만, 그것은 쉽사리 '나'의 아픔으로 느껴지지는 않는다. 아무런 공감이나 이해를 하지 못했다는 것은 아니다. 굳이 말하자면 지식이 주는 즐거움과 낯섦을 느낄 수 있는 적당한 거리에서, 어느 정도 객관적으로 볼 수 있었다는 뜻이다. 그래도 때때로 위화감을 느낄 때가 있었다.

독일 서사시 『니벨룽겐의 노래』를 읽을 때가 그랬다. 영웅 지크프리트는 보름스의 공주 크림힐트와 결혼하고 싶었다. 그녀의 오빠 군터는 누이동생의 결혼에 조건을 달았다. 이젠슈타인의 여왕 브륀힐트는 자신과의 결투에서 이기는 남자와 결혼하겠다고 했는데, 자신이 그녀와 결혼할 수 있도록 도와달라는 것이다. 그뿐만이 아니다. 브륀힐트가 침대에 남편을 들이지 않자, 군터는 역시 지크프리트에게 자신의 아내를 고분고분하게 만들어달라고 부탁한다.

이 사실이 폭로되는 것은 교회에 입장하는 순서 때문이다. 브륀힐트는 왕비인 자신이 교회에 가장 먼저 입장하는 것이 옳다고 여겼고, 크림힐트는 시집가기는 했지만 공주이자 영웅의 아내인 자신이 먼저 입장하는 것이 옳다고 생각했다. 두 고귀한 여성 사이에서 다툼이 일어났다. 이때, 크림힐트는 새언니에게 지크프리트가 초야의 침대에서 전리품으로 빼앗은 그녀의 반지와 허리띠를 자신이 착용하고 있음을 보여줌으로써 진실을 폭로하고, 브륀힐트가 여왕은커녕 자기 남편의 첩에 불과하다고 쏘아붙인다. 당연히 브륀힐트는 이 어마어마한 모욕에 화가 났고, 이 사실이 알려지자 그들의 남편들도 화가 났다. 나중에 크림힐트는 하겐에게 그 일로 '용감하고 씩씩한 영웅'이 자신을 '엄청나게 때렸다'고 하소연한다.

이것은 영웅담에서 매우 쉽게 찾아볼 수 있는 모티프이다. 아름답고 강한, 그래서 때로는 사악하다고 표현되는 여왕이나 왕녀는 종종 자신의 구혼자들에게 시련을 내린다. 영웅은 그 시련을 용기와 지혜, 그리고 종종 인외의 존재에게 도움을 받아 극복하고 고귀한 여인을 얻는다. 하지만 아내를 때려 순종하게 만드는 영웅은 다른 문제이다.

아마도 『니벨룽겐의 노래』를 사랑하는 이들은 헛웃음을 지을지 모르겠다. 중세 독일의 서사시에 그 시대에 존재하지도 않았던 페미니즘을 들이대 멋대로 재단하는 것은 편협하기 짝이 없는 태도라며 말이다. 그리고 그런 설정은 완벽한 영웅에게 비극을 안겨주기 위한 아주 사소한 문제일 뿐이라고 할 것이다. 글쎄, 나는 그저 아내를 때리는 남자가 그렇게 멋지게 느껴지지 않았을 뿐이다. 그 '용감하고 씩씩한 영웅'의 모험이라는 게 여자를 얻기 위해 다른 여자를 속이고, 그 여자의 반지와 허리띠를 전리품으로 빼앗아 자기 아내에게 선물하며 자랑하는 종류의 시시한 것이라는 사실까지 포함하여.

비슷한 경우가 쉽게 떠오르는 걸 보면, 나는 생각보다 자주 그런 위화감을 느꼈던 모양이다. 『신곡』 천국편에서 단테는 수녀가 되고자 했지만 남자 형제들에 의해 납치되어 강제로 세속의 삶을 살아야 했던 피카르다 도나티를 만난다. 그녀와 비슷한 처지의 여성들은 천국에서도 가장 낮은 곳에 위치한다. 단테는 타인의 폭력으로 피치 못하게 세속적인 삶을 살았다고 해서 낮게 평가된다는 사실에 의문을 느낀다. 베아트리체는 정말 그들의 의지가 불꽃처럼 강인했다면 원래 자리로 돌아갔을 것이므로, 서원을 끝까지 완성하지 못한 그들의 삶은 결과적으로 천국에서 높이 평가받을 수 없다고 이야기한다. 그 시대의 여성들이 원한다고 해서 정말 '언제든지 수녀원으로 도망'칠 수 있었을까? 나는 그렇게 생각하지 않는다.

요절하지 않았다면 셰익스피어가 이렇게 유명해지지

못했을 것이라는 소리까지 들은 천재, 크리스토퍼 말로의 희곡 『탬벌레인 대왕』의 주인공인 탬벌레인은 아름다운 이집트의 왕녀 제노크라테를 숭배한다. 그러나 그는 자신을 거부하는 그녀를 강제로 취하고 그녀의 아버지와 그 아버지가 정한 약혼자와 전쟁을 벌이며, 고국을 짓밟는다. 또한 그는 자신에게 끝까지 저항한 적들의 처첩들을 자신의 병사들에게 내주고 병사들을 남편처럼 정성껏 섬기라 명령한다. 제노크라테는 숭배와 혐오를 동시에 행하는 이 무시무시한 남자에게 사랑받으며 과연 행복했을까? 탬벌레인은 병사한 제노크라테스를 기리기 위해 성을 태우고, 그녀와의 사이에서 태어난 자신의 장자를 나약하다는 이유로 살해한다. 이 희곡에서 그는 끊임없이 제노크라테를 사랑하노라고, 숭배한다고 외치지만, 그에게 제노크라테의 말이 의미를 가진 적은 한 번도 없다. 이것은 정말 사랑일까?

동서고금을 가리지 않고 문학의 세계에서 여성들은 너무 아름답거나, 우아하거나, 고귀하거나, 치명적이지 않으면 지나치게 가련하거나 비참했다. 물론 여성이 주인공이거나 주도적인 이야기들도 있었다. 『소공녀』, 『폴리아나』, 『작은 아씨들』, 『비밀의 화원』, 『빨간 머리 앤』, 『오만과 편견』, 『제인 에어』, 『폭풍의 언덕』……. 하지만 무엇인가 아쉬웠다.

『소공녀』의 주인공 세라는 상상력이 풍부하고 강한

의지를 가진 소녀였지만 타고난 계급성을 벗어나지 못했고,『폴리아나』의 주인공인 폴리아나는 낯선 친척에게 맡겨진 고아로서 겪는 고난을 아버지에게 배운 낙천성으로 이겨내지만 그 낙천성은 결국 자신의 환경을 직시하고 싶어하지 않는 정신론으로 보였다.『작은 아씨들』에서 성격이 서로 다른 네 자매가 부대끼며 울고 웃는 모습이 즐거웠지만, 이야기는 결국 모두 결혼하여 각자 가정을 꾸리는 것으로 끝났다.『비밀의 화원』과『빨간 머리 앤』은 외부에서 나타난 특별한 소녀들이 사람들을 바꾸는 내용이었지만, 정작 그들의 세계는 그 밖으로 확장되지 못했다.『오만과 편견』의 엘리자베스는 생활력이 강한 어머니에게는 거부감을 느끼는 반면 무능력한 아버지에게는 애정을 느낀다. 그녀는 자신의 뜻을 굽히지 않으려 애썼지만 결국 모든 문제를 해결해준 것은 매력적이고 부유한 구혼자였다.『제인 에어』는 오랜 세월 정신 질환을 앓는 신대륙 출신 아내를 다락방에 숨겨놓은 남자와 맺어진다는 결말이 그다지 매력적이지 못했다.『폭풍의 언덕』의 캐서린의 사랑은 지나치게 정열적이고 파괴적이었다.

　　물론 나는 이 이야기들을 재미있게 읽었고 모두 그 나름대로의 이유로 사랑한다. 내가 아쉬웠던 것은 엄밀히 말해 이 작품들 자체의 문제는 아니었다. 그들에게 주어진 기회와 세계에는 분명한 한계가 존재한다는 사실을 어렴풋하게나마 느꼈기 때문이었다. 그들은 모두 매력적인 여성이고 자신만의 시련과 고난에 용감하게 맞섰지만, 가족과 연애, 결혼이 늘 그들이 경험할 수 있는 세계의 한계를 결정했다.

내가 모든 독서 경험에서 이런 회의나 의문에 번민한 것은 아니었다. 그보다는 남자 주인공에게 이입하는 것이 훨씬 더 손쉽고 편안한 해결법이었다. 1990년대에 한국의 PC통신에서 시작된 판타지 소설을 읽을 때도 마찬가지였다. 나는 『드래곤 라자』의 재치 있는 소년 후치에게는 쉽게 몰입할 수 있었지만 엘프인 이루릴이나 도적인 네리아에게는 이입할 수 없었다. 그것이 문제라고 생각하지도 않았다. 셜록 홈즈 시리즈를 읽으면서 누가 셜록 홈즈나 왓슨이 아니라 아이린 애들러에게 자신을 이입하겠는가?

'로맨스 판타지'라는 모험

지금 웹소설을 읽는 여성 독자들은 상황이 다르다. 여성 작가의 작품이라고, 혹은 여성에 관한 이야기라고 경원시되는 시대는 이미 지나갔다. 자신의 책을 출판하기 위해서는 출판사와 편집자의 선택과 도움을 받아야 했던 시대와 달리, 웹소설은 기본적으로 누구든지 어떤 소재의 작품이라도 자유롭게 연재할 수 있다. 인터넷과 스마트폰의 보급, 웹소설 플랫폼과 전자 결제 시스템의 발달은 웹소설을 읽는 행위를 친숙한 일상의 영역으로 끌어들였다. 여성 독자들이 자신들을 즐겁게 해주는 콘텐츠에 기꺼이 돈을 지불하는, 구매력을 갖춘 소비 집단이라는 사실은 이미 잘 알려져 있다.

이렇게 생각하면, 웹소설의 부상은 당연히 예측할 수 있는 현상일 것이다. 웹소설은 소위 '순문학'이라 불리는 한국문학이 만족시켜주지 못하는 여성 독자의 다종다양한 수요를 충족시키기 때문이다. 실제로 내가 처음 웹소설의 로맨스 판타지라는 장르를 인식한 것은 대학교 도서관의 가장 많이 대출된 도서를 순위대로 진열해 놓은 코너에서 『버림받은 황비』라는 제목의 책을 발견했을 때였다. 그 책을 읽기 시작했을 때, 나는 1990년대에 PC통신에서 인기를 끌다가 종종 종이책으로 출판되던 판타지 소설과 비슷하리라고 예상했다. 그러나 읽으면서 어렴풋하게 무엇인가 다르다는 것을 깨달았다. 그것이 흥미를 끌었다. 그러니까 나의 로맨스 판타지 입문은 말하자면 한 가지 소재가 다른 매체로 재매개될 때 일어나는 변화에 관한, 혹은 매체에 따른 문학의 변화에 관한 연구자로서의 흥미에서 출발했다고 할 수 있을 것이다.

다행히 웹소설에 접근하는 것은 어렵지 않았다. 스마트폰으로 관련 앱 몇 개를 깔고, 추천 글을 읽어보고, 다양한 소재로 세분화된 분류에 따라 자신의 취향을 찾아가면 되었다. 이미 완결된 유명한 작품은 물론이고 실시간 순위에 올라 있는 소설들도 읽었다. 점차 유행이 눈에 보이기 시작했다. 과거에는 평범한 고등학생이 이세계異世界에 환생하거나 차원을 이동해서 현대의 문물 또는 선택받은 능력으로 세상을 바꾸는 '차원이동물'이 인기를 끌었고, 그 뒤에는 자신의 과오나 잘못된 행동으로 후회할 만한 결말을 맞은 주인공이 어떤 초월적인 힘으로 시간을 거슬러 올라가 잘못을 바로잡는 '회귀물'이 유행했다. 이어서 영혼만 판타지 소설 속 등장인물의 몸에 깃드는 '책 빙의물'이, 시한부 선고를 받고 주위 사람들이 후회하는 '시한부물'이, 아이로 돌아가거나 양육을 받거나 자신이 아이를 양육하는 '육아물'이 유행했다.

나는 금세 웹 연재에 익숙해졌다. 대여권, 소장권, 기다리면 무료, 매일 10시 무료, 캐시, 과금과 같은 제도 말이다. 인상적이었던 것은 소설을 매우 짧게 나누어 연재하는 형태와 독자들이 활발하게 다는 댓글이었다.

대부분의 웹소설은 무수하게 짧은 연재 회차로 나뉘어 대개 한 편당 100원에 판매된다. 장편일수록 매출이 늘어나는 구조이다. 이런 판매 방식은 웹 연재가 지면의 구속에서 벗어나고 데이터베이스에 축적된 텍스트를 클릭 한 번으로 불러낼 수 있기 때문에 가능하다. 그 짧은 한 편

내에 나름대로 기승전결이 들어가야 하고, 독자가 다음 편을 기꺼이 클릭하게 만들어야 한다. 그것을 짧게는 100화, 길게는 500화 이상 이어가야 하는 것이다. 내게 이런 대중문학의 전략은 아주 새로운 것은 아니었다.

예를 들어 이광수가 1917년 『매일신보』에 『무정』을 연재하여 폭발적인 인기를 끌었다는 사실은 유명하다. 근대 신문연재소설은 일찍부터 신문이라는 미디어의 판매량과 직결된 중요한 콘텐츠였다. 이태준은 1937년 『도쿄아사히신문東京朝日新聞』이 나가이 가후永井荷風의 대표작 『묵동기담墨東綺譚』을 실은 덕분에 도쿄 시내에서만 판매 부수가 2만 부 이상 늘어났다는 사실을 지적한다. 이어서 그는 신문소설의 중요한 조건으로 "날마다 일정한 분량으로 끊되 단일화한 내용이 강한 인상으로 24시간 동안 여러 가지의 독자 머릿속에 또렷이 남게 할 것, 그러면서 다음 회를 마음이 졸여 기다리게 하는 매력을 남길 것, 물건 싸온 신문지에서 중간의 어느 한 회 치를 읽고라도 그 소설 때문에 곧 그 신문의 새 독자가 되고 말게 할 것, 그러자니까 매회 매회가 알기 쉽고, 새롭기는 첫머리 같고, 아기자기하고 다음 회엔 무슨 결말이 날 것 같기는 끄트머리 같도록 할 것"*을 들었다.

---

* 이태준, 「조선의 소설들」, 『이태준 전집 5』, 소명출판, 2015, 62쪽.

이처럼 대중성이 강화되면서 신문연재소설은 빠르게 통속성으로 기울어졌고, 신문의 대중적 인기를 견인하는 대표적인 콘텐츠로서의 중요성은 더욱 커졌다. 그것이 절정에 이른 것이 1970년대였다. 최인호는 1972년부터 『조선일보』에 한 여성이 불행한 연애를 거쳐 호스티스로 전락하는 내용을 다룬 『별들의 고향』을 연재했다. 당시 이 소설은 신문연재소설 사상 최고의 화제작으로서 선풍적인 인기를 끌어 100만 부 이상의 판매고를 기록했고, 최인호는 대중작가로서의 지반을 굳혔다. 이러한 인기는 젊은 작가가 집을 한 채 구입할 수 있을 정도의 상업적 수익으로 돌아왔다. 이 소설을 원작으로 1974년 개봉한 이장호 감독의 영화 〈별들의 고향〉 역시 46만 명 이상의 관객을 동원했다. 〈별들의 고향〉이 이처럼 압도적으로 성공한 이후, 각신문은 젊은 신진 작가를 적극적으로 영입하고자 경쟁했다. 그러나 1980년대 이후 신문연재소설은 급속도로 발달하기 시작한 TV드라마와 영화에 밀려 점차 활기를 잃었다.

이러한 신문연재소설의 흥망성쇠는 작금의 웹소설의 인기와 비교하면 매우 흥미롭다. 문맹률이 높았던 근현대 한국사회에서 활자매체인 신문은 라디오나 영화와 비교하면 대중의 매체 접근성이 떨어질 수밖에 없었다. 때문에 신문연재소설에서는 당시 영화가 제작비나 기술, 검열때문에 시도하기 어려웠던 장르인 애정소설이나 역사소설

등이 유행했다.* 현재 웹소설 역시 최대의 장점은 제작비를 걱정하지 않고 다양한 상상력을 시험할 수 있다는 점일 것이다. 지면의 제약을 받았던 신문연재소설과 달리 웹에 연재되는 웹소설의 장형화長形化는 분명 강점이다. 나아가 이태준의 조언은 웹소설에도 그대로 적용할 수 있을 법하다. 차이가 있다면, 웹소설은 독자가 다음날이 아니라 당장 다음 화를 기꺼이 결제하게 만들어야 한다는 점이다.

회차당 짧은 연재 분량보다 더 낯설게 다가왔던 것은 웹소설의 댓글 시스템이었다. 처음에는 댓글을 읽지 않고 바로 다음 화로 넘어갔지만 자꾸 '베댓', 즉 많은 사람들이 공감을 표시한 순서로 뽑히는 베스트 댓글이 눈에 띄었고, 점차 댓글을 읽기 시작했다. 이는 연재 마지막 부분에 베댓을 노출시킨 연재창의 디자인 때문이었다. 다른 사람들의 재치 있는 감상을 보면서 나는 처음으로 나와 같은 소설을 읽는 다른 독자에게 강한 공감과 친근감을 느꼈다.

공동독서라고 해야 할까? 독서를 고독한 작업이라고 생각했던 내게 이것은 아주 신선한 경험이었다. 비슷한 것을 공유하고 때로는 신선한 시각을 발견하면서 보다 많이 공감하게 되는 친밀한 감각이었다.

* 최성민, 『근대 서사 텍스트와 미디어 테크놀로지』, 소명출판, 2012, 144쪽.

이런 경향은 '페미니즘 리부트'를 경험하면서 점점 강해졌다. 문화연구자 손희정은 페미니즘과 반페미니즘이 혼재된 대중문화 내부에서 전 세계의 여성들이 페미니즘 의제를 흡수했고, 2010년대 중반 SNS를 통해 페미니즘이 새롭게 '리부트'되었다고 지적한다.* 리부트의 사전적인 의미는 재기동이다. 그래서 페미니즘 리부트라고 하면 이전에 존재했던 페미니즘과의 사이에 어떤 단절이 일어났음을 강조하는 인상을 준다.

실제로 손희정은 한국사회에서 제도적 여성 차별이 심화되고 대중문화의 여성혐오가 노골적으로 드러나는 상황에서 한국 여성들이 페미니즘을 말하기 시작했다고 지적한다.** 그리고 젊은 여성들이 여성혐오의 장이었던 웹 공간을 페미니즘으로 새롭게 전유하기 시작했을 때, 그것은 이전의 페미니즘과는 구별되는 생명력을 얻기 시작했다. 주목되는 것은 2015년 전후의 웹 공간을 중심으로 한 페미니즘의 대중화가 특히 웹 미디어와 강한 친화성을 보인다는 점이다. 이는 웹 공간의 페미니즘 담론이 웹 미디어의 창작자와 소비자 양쪽에게 영향을 끼쳤기 때문이라

* 손희정, 「역사가 된 기록, 그러나 여전히 새로운 페미니즘 선언」, 수전 팔루디, 황성원 역, 『백래시』, arte, 2017, 13쪽.

** 위의 글, 15쪽.

고 추측할 수 있다.

'다정하고 조신한' 남자 주인공의 등장

개인적인 경험으로 이야기하자면, 나는 2016년 6월에 웹소설 연재 플랫폼 '조아라'의 어떤 연재작의 작가 후기에서 "조신하고 순결하고 살림 잘하고 다정한" 남자 주인공이 좋다는 말을 읽고 매우 신선하게 느꼈다. 그때까지 로맨스의 남자 주인공은 소위 '나쁜 남자'가 대세였다. 대부분 흑발에 잘생겼고 오만하며 작품의 배경에 따라서는 사람도 쉽게 죽일 수 있는 남자였다. 이런 남자 주인공은 반드시, 라고 해도 좋을 만큼 바람둥이인 경우가 많았다. 그 전형적인 예로 『루시아』(2014)를 들 수 있다.

　　『루시아』는 상업적으로 손꼽히는 성공을 거둔 로맨스 판타지 소설이다. 이 소설의 주인공 루시아는 열여섯 번째 공주이다. 그녀는 몰락한 귀족인 어머니와 여성 편력이 심한 왕 사이에서 태어나, 열두 살의 나이에 어머니를 잃은 다음에야 겨우 공주로서 인정을 받았다. 때문에 공주라 해도 왕궁에서 형편없는 대접을 받으며 숨죽이고 살다가 왕이 죽은 다음에는 정략혼이라는 명목으로 늙은 귀족에게 팔려가 학대를 받는다. 그러던 어느 날 루시아는 어머니를 잃고 처음 왕궁에서 잠든 날로 돌아온다. 자신이 생생한 예지몽을 꾸었다고 생각한 루시아는 왕궁 밖으로 나가 인맥을 쌓고 돈을 버는 등 자신의 미래를 바꾸기 위해 노력한다. 하지만 공주라는 신분은 노력으로 벗어날 수 있는 것이 아니므로, 루시아는 자신의 허울뿐인 공주라는 신분을 두고 타란 공작에게 계약결혼을 제안함으로써 자신의 운명을 바꾸기로 한다.

『루시아』의 남자 주인공은 바로 이 휴고 타란 공작이다. 그는 북부에 거대한 영지를 보유한 공작이며 왕실조차 그의 비위를 맞추려고 할 정도로 강대한 권력을 갖고 있다. 미혼인 그는 아름답지만 신분이 아주 높지는 않은 귀족 여성들과 자유롭게 연애를 즐기며 그들에게 비싼 선물을 선사한다. 하지만 상대가 사랑 이야기를 꺼내면 가차 없이 헤어지는 바람둥이이다. 예지몽에서 그가 사생아인 아들을 인지하기 위해 사랑하지도 않고 배경도 보잘것없는 귀족 여성과 결혼했다는 소문을 들었던 루시아는 이번에는 자신이 그 역할을 자처하고자 한다. 공작 부인으로서 그의 보호를 받으려 한 것이다.

계약결혼을 한 여자 주인공 루시아가 어떻게 매력적이지만 오만하고 이기적인 바람둥이, 휴고 타란 공작의 마음을 사로잡는가가 『루시아』의 주된 내용이라고 할 수 있다.

계약결혼은 로맨스 소설에서 드물지 않은 소재이다.

오만하고 거칠며 '남성적'인 남자 주인공과 순결하고 순수하며 '여성적'인 여자 주인공이라는 인물상과 구도는 1990년대의 할리퀸 로맨스 소설이나 순정만화, 멜로나 트렌디 드라마에 등장하는 인물 구도와 크게 다르지 않다.

이런 전통적인 로맨스의 도식에서 부와 명예, 권력까지 쥔 남자 주인공에 비해 여자 주인공은 보통 아름답고 선하지만 가난하거나 약한 입장에 놓인다. 이때 남자 주인공이 바람둥이라는 설정은 기본적으로 남자 주인공의 우월한 남성성을 부각시키기 위한 것이다. 부와 명예, 권력까지 쥔 남자 주인공에게 많은 이성의 유혹이 있는 것은 당연하다는 논리이다. 그는 쟁취할 만한 가치가 있는 남성인 것이다.

이는 또한 남성으로서의 성적 매력을 어필하는 부분이기도 하다. 대부분의 여자 주인공이 성적으로 순결한 소녀나 처녀여야 한다고 여겨진 데 반하여, 그 이상적인 파트너인 남자 주인공은 바람둥이거나 성적인 경험이 풍부한, 매력이 흘러 넘치는 남성이어야 했다.

『루시아』의 휴고는 그런 면에서 매우 정석적인 남자 주인공이다. 그는 거칠고 오만하여 여성을 존중하지 않는다. 루시아는 휴고에게 계약결혼을 제안하기 위해 숨어서 기회를 엿보다가 정원에서 애절하게 매달리는 예전 연인인 소피아 로렌스를 휴고가 단호하게 거절하는 장면을 목격한다. 이 일을 계기로 루시아는 휴고가 사랑을 고백하는 여성을 매우 귀찮고 하찮게 여긴다고 생각하고, 자신 역시 그에게 사랑을 고백하면 같은 대접을 받게 되리라 믿는다.

그러나 대부분의 남자 주인공이 그렇듯이, 휴고는 루시아를 '다른 여성과는 다른' '특별한' 여성으로 여기게 된다. 루시아는 끔찍한 정략결혼을 피할 수 있기만을 바라며 휴고에게 계약결혼을 제안하고, 휴고는 아들의 입적 문제를 해결하기 위해 그 계약결혼에 동의한다. 하지만 그들은 운명적인 사랑에 빠지고, 그 결과 안전하고 행복한 가정을 이루는 해피엔딩에 이르는 것이다.

여자 주인공이 낭만적 사랑을 통해 '나쁜 남자'를 길들였을 때, 그의 단점이었던 오만함이나 거친 남성성은 오히려 외부의 위험으로부터 그들의 가정을 안전하게 지키는 힘이 된다. 낭만적 사랑을 통해 남자 주인공은 정신적인 안정을 얻고 가정에 헌신하는 믿음직한 가장으로서 완성된다. 바로 이런 구조 때문에 로맨스가 현실로부터의 도피에 불과하고 오히려 현실의 가부장제를 강화시킨다는 지적을 받는 것이다.

우리 모두 현실이 그렇지 않음을 안다. 그런 남자 주인공을 좋아한다고 해서 현실에서 진짜 바람둥이, 혹은 '나쁜 남자'의 품에 안기고 싶다는 것도 아니다. 로맨스는 현실을 있는 그대로 묘사하는 것이 아니라 현실을 낭만적으로 가공하는 장르이다. 물론 낭만적으로 가공한다고 해도 최소한의 개연성은 필요하다. 낭만적 사랑을 통해 남녀 주인공은 서로에게 결여된 부분을 획득한다. 남자 주인공은 정신적인 성숙과 안정을, 여자 주인공은 물질적인 보장과 안전을 얻는 것이다.

나는 그런 장르의 특성을 고려하면 '나쁜 남자' 스타일의 남자 주인공이 대세인 것은 당연하다고 여겼다. 그렇기 때문에 더더욱, "조신하고 순결하고 살림 잘하고 다정한" 남자 주인공이라는 발상이 참신하게 느껴졌다.

물론 로맨스 장르에서 그런 성격의 남성이 처음 등장하는 것은 아니다. 보통 그런 남성은 남자 주인공이 아니라 '서브 남자 주인공'으로 불렸다. 전형적인 로맨스의 도식에서 남자 주인공과 여자 주인공은 처음에는 서로에게 반감을 느끼거나, 위치나 환경 때문에 갈등이 생긴다. 남자 주인공을 좋아하는 매력적인 여성이 악녀가 되어 여자 주인공을 괴롭히면, 여자 주인공을 좋아하는 남성, 즉 서브 남자 주인공이 그녀를 위로하고 시련을 극복하도록 도와준다. 1990년대의 〈겨울연가〉나 〈파리의 연인〉과 같은 드라마, 『꽃보다 남자』와 같은 만화를 떠올리면 될 것이다.

이 남성은 모든 것을 갖추고 있기 때문에 왕왕 오만하고 무례한 남자 주인공에 비해 여자 주인공에게 친절하고 배려심이 넘치며 남자 주인공 정도는 아니지만 성공한 남성인 경우가 많다. 이와 같은 전형적인 사각관계의 구도는 작품 밖에 있는 관객에게 남녀 주인공이 경험하는 사랑의 순수성을 드러내는 역할을 한다. 보다 적합하고 매력적인 이성이 존재함에도 서로를 선택한다는 사실이 그 사랑의 순수함을 증명하기 때문이다. 현재 이런 사각관계 자체는 한국의 대중문화에서 이미 낡은 것이 되었지만, 여전히 로맨스의 어떤 '전형성'의 이미지로 남아 있다. 재미있는 것은 이런 전형성의 이미지가 '책(게임) 빙의물'이나 '회귀물'에서 배경이 되는 책(게임)의 원작 내용으로 종종 등장한다는 점이다.

고백하자면, 나는 늘 서브 남자 주인공이 더 매력적으로 느껴졌다. '서브남주병'이라는 말이 존재하는 것을 보면 나만 그런 것은 아닌 모양이다. 거칠고 도도하며 오만한 남자 주인공과 인생을 건 운명적인 로맨스보다, 친절하고 배려심이 있으며 다정한 서브 남자 주인공에게 마음이 이끌리는 여성이 있는 건 당연한 일일 것이다. 1990년대 이후로도 로맨스 장르의 드라마, 영화, 소설에서 여자 주인공들은 선량하고 편안한 남성에게 안주하기보다 남자 주인공과의 강렬하고 운명적인 사랑을 선택했다. 그것이 딱히 불만스러웠던 것도, 잘못되었다고 생각하지도 않았다. 개인적으로 약간 아쉽기는 했지만.

그런데 새롭게 남자 주인공으로 부상한 '조신남'은 뭔

가 다르게 느껴졌다. 창작자의 입장에서 보자면 오히려 부정적인 성격의 남자 주인공이 이야기를 이끌어가는 데 편리하다. 로맨스는 남녀 주인공의 낭만적인 연애 관계를 그린다. 현실에서 호르몬의 작용으로 낭만적 사랑에 빠지는 데는 3초면 충분하다고 하지만, 3초 만에 끝나는 이야기를 원하는 독자는 없을 것이다. 나아가 이야기 내부에서 계속 긍정적이고 우호적인 관계의 발전보다는 부정적이었던 관계가 긍정적인 관계로 역전되는 것이 훨씬 극적이다. 어느 쪽이 독자의 감정을 더 강렬하게 움직이겠는가? 물론 현실의 연애는 다르겠지만, 이야기에는 이야기 나름의 논리와 그럴듯함이 필요하다. '조신남'이 남자 주인공이 되었다는 것은 단순히 남자 주인공의 성격이 바뀐 것이 아니라 익숙한 로맨스의 구조 자체가 바뀌기 시작했다는 뜻이었다. 그때부터 나는 미디어의 영향이나 재매개만이 아니라 내용에 더 흥미를 느끼기 시작했다. 그리고 비로소 깨달았다.

이것은 모두, 여성의 이야기라는 것을.

'낭만적 사랑과 사회'?

에바 일루즈는 낭만적 사랑이 "경계성 사이를 오가면서 끊임없이 경계를 무너뜨리는 위반의 아우라"*를 가진다고 하였다. 『춘향전』이 신분을 뛰어넘는 사랑 이야기로서만 소비될 때, 그 이면에 존재하는 조선 중후기 백성들의 신분 상승을 향한 갈망은 은폐된다. 『춘향전』 서사의 핵심은 관기의 딸인 춘향이 온갖 수난을 겪으면서도 양반의 것으로 여겨졌던 정절을 끝까지 관철함으로써 연인 이몽룡만이 아니라 왕을 정점으로 하는 양반 세계에 받아들여지는 결말에 있다.

『춘향전』이 100여 종이 넘는 판본이 존재할 정도로 널리 사랑받은 것은, 낭만적 사랑 이야기이기 때문이 아니라 양반 계급이 독점하는 정신적 가치를 실행함으로써 신분 상승에 이른다는 결말이 민중의 신분 상승 욕구를 충족시켰기 때문이다. 나아가 『춘향전』에서 풍자의 대상인 변학도를 비롯한 타락한 양반들의 모습은 성춘향의 수난이 갖는 도덕적 우월성을 더욱 빛나게 해준다. 이는 프랑스대혁명 시대에 귀족들의 문란한 사생활에 관한 과장된 이야기들이 귀족의 권위를 해체하고, 부르주아 계급이 낭만적 사랑을 특권화함으로써 도덕적 우월성을 획득하려 한 흐름과도 함께 생각해볼 수 있다.

『춘향전』의 대중적 인기의 밑바탕에는 오직 혈통으로

---

* 에바 일루즈, 박형신·권오현 역, 『낭만적 유토피아 소비하기』, 이학사, 2014, 31쪽.

만 이어지는 신분이라는 경계를 정신적인 가치를 통해 뛰어넘으려는 대중의 욕망이 깔려 있다. 따라서 양반과 같이 세습되는 신분제가 사라진 시대에 『춘향전』이 다시 인기를 얻기는 어렵다. 이야기를 그 시대의 사회적 맥락 속에서 독해해야 하는 이유는 여기에 있다.

이렇게 본다면, 우리가 흔히 로맨스의 원형으로 여기는 『신데렐라』가 여러 형태로 변형되면서도 지금까지도 인기를 얻는 이유를 생각해볼 수 있을 것이다. 『신데렐라』는 어떤 이야기인가? 젊고 매력적인 여성인 신데렐라는 불운하게도 아버지의 보호를 잃고 새어머니에게 부당한 대우를 받다가 요정 대모라는 초월적인 존재의 마법에 도움을 받아 무도회장에 나타난다. 왕자는 신분도 혈통도 모르는 신데렐라에게 반하여 그녀를 찾아내 결혼한다. 신데렐라는 왕자비가 되고, 새어머니와 의붓 언니들은 벌을 받는다. 즉, 젊고 매력적인 여성은 신분이 높은 남성의 선택을 받는 것만으로도 신분 상승을 이룰 수 있다는 것이다. 이 이야기가 지금까지도 대중에게 사랑받는 이유는, 젊고 매력적인 여성은 결혼을 통해 사회적 계급을 쉽게 이동할 수 있다고 대중이 믿기 때문이다. 『신데렐라』에서 왕자의 신붓감을 고르는 무도회의 초대장이 신데렐라의 집에도 온 것으로 미루어 볼 때, 신데렐라는 왕자와 결혼할 수 없는 신분은 아니다. 하지만 신데렐라는 가부장의 보호를 잃고 가정 내에서 보호자에게 학대를 받는 상황이었다. 하룻밤 춤을 함께 췄을 뿐인 왕자가 나타나 그녀에게 공개적으로 구혼했을 때, 신데렐라는 과연 그 구혼을 거절할 수 있었을까? 애초에 『신데렐라』는 신데렐라가 왕자를 어떻게 생각하는지 묘사하지 않는다. 그녀가 가진 조건과 입장에서 볼 때 왕자의 구혼을 거절한다는 것은 있을 수 없으므로, 그를 어떻게 생각하든 상관없다는 듯이.

영리하게도 『신데렐라』는 성대한 결혼식으로 끝나며 신데렐라가 '영원히 행복하게 살았다'고 말한다. 하지만 정말 그럴까? 『신데렐라』는 무엇을 기준으로 그녀의 행복을 말하고 있는가? 『신데렐라』가 우리에게 알려주는 것이라고는 젊고 아름다운 신데렐라가 멋진 왕자와 만나 결혼했다는 사실뿐인데 말이다.

이것은 우리 사회의 대중문화가 암묵적으로 '젊고 아름답고 매력적'이라는 조건 하에서 결혼을 통한 여성의 사회적 계급 이동을 인정하고 때로 열광하며 소비하지만, 결혼 이후의 삶에는 무관심한 것과 비슷하다. 일단 여성이 스스로 결혼을 선택한 다음에 이어지는 부정적인 이야기는 듣고 싶어 하지 않는 것이다. 결혼을 선택한 것만으로 가정 폭력이나 학대, 부당한 대우, 정신적인 괴롭힘을 받는 것에까지 동의했다는 듯이.

가부장의 보호를 잃고 보호자에게 학대받던 신데렐

라가 과연 그 신분 외에는 아무것도 모르는 왕자와의 결혼 역시 위험한 모험이라는 사실을 깨닫지 못했을까? 안다고 해도 그녀의 입장에서는 선택의 여지가 없었을 것이다.

신데렐라 이야기는 동서고금을 막론하고 여성들이 잘 알고 있는, 하지만 좀처럼 크게 이야기하지는 않는 어떤 진실을 이야기한다. 위태로운 입장의 여성이 오직 불행한 가정에서 탈출하기 위해 선택하는 결혼은 도박에 가까운 모험인 것이다.

그리고 사실, 결혼 자체가 그렇다.

최정희가 1947년 발표한 「점례」라는 단편 소설이 있다. 해방 직후 소작농 집안의 열네 살 소녀인 점례가 주인공이다. 그녀는 먹는 것만은 배불리 먹을 수 있다는 이유로 술집 부엌일을 하는 복이와 결혼하기로 한다. 문제는 점례와 같은 시기에 대지주 딸인 순행의 결혼도 진행되고 있었다는 점이었다. 감히 나리댁 아가씨와 같은 날 시집갈수 없어 혼인날을 석 달 뒤로 미룬 점례는 닭을 팔아 인조관사 적삼을 입으려고 한다. 그러나 그 닭이 지주 집으로 들어가는 바람에 닭을 찾으러 갔던 점례는 토지 문제로 신경이 예민했던 지주가 던진 돌이 머리에 맞아 허망하게 죽는다.

「점례」의 주제는 해방 이후 토지 제도의 변동이라는 사회적 불안에 기인한 지주의 횡포, 즉 계급 문제라고 할 수 있다. 그러나 점례와 순행의 혼인은 시대적 배경 외에도 불안정성이라는 공통점이 있다. 점례의 혼수는 본인이 기른 닭을 팔아 마련할 인조 관사 적삼이라는 소박하기 짝이 없는 것이지만, 순행의 혼수는 저고리만 해도 백 개가 넘고 그 밖에도 여러 종류의 옷감, 금비녀와 비취 비녀, 보석 반지까지 과도하게 화려한 것이었다.

그러나 그 과도한 혼수도 시집간 뒤 순행의 삶을 완벽하게 보장해주지 못한다. 사회 변동의 불안이 큰 사회에서는 계급도 반드시 믿을 수 있는 것은 아니다. 또한 관례적으로 여성이 준비하는 혼수는 부동산이나 돈과 달리 구입한 순간부터 가치가 떨어지는 자산이다. '여자 팔자는 뒤웅박 팔자'라는 말처럼, 그 시대에 집안에서 기혼 여성이 받는 대우를 결정하는 것은 오직 가부장의 권한이었다. 이때 낭만적 사랑은 생존의 문제가 된다. 남편의 지지와 애정이 가정 내 여성의 위치를 결정하기 때문이다. 계급이나 혼수, 든든한 친정도 남편의 애정을 완벽히 보장해주지는 않는다.

물론 지주의 횡포에 목숨을 잃은 점례보다 순행의 삶이 순탄했을 가능성은 높다. 하지만 가부장제 사회에서 살아가는 여성에게 결혼은 안정과 행복을 얻을 수 있는 기회임과 동시에 모든 것을 잃을 수도 있는 위험이 존재하는 모험이다. 이미 이혼이 자유로운 시대에 구태의연한 이야기라고 할지도 모른다. 그러나 결혼은 여전히 여성들의 삶에서 매우 중요한 사건이다.

로맨스의 서사가 일정한 전형성을 가지면서도 끊임없이 변주되는 것은 아마 이러한 이유 때문일 것이다. 로맨스를 비판할 때 흔히 나오는 소리는 '모두 똑같은 이야기'라는 것이다. 하지만 그러한 비판이 나오는 이유는 로맨스에 숨어 있는 긴장을 읽어내지 못하기 때문이다.

로맨스는 단순히 즐거운 연애만을 그리는 것이 아니다. 여성들의 축적된 경험, 다양한 삶의 조건과 환경, 모순된 욕망, 그리고 여성들의 사랑과 삶의 순간을 묘사한다. 비록 그것이, 환상이나 도피라 폄하될지라도.

그리고 로맨스 판타지를 읽어가면서, 나는 그 환상이나 도피의 허상 너머에 존재하는 것에 흥미를 갖게 되었다. 2018년 연재를 시작한 이래 1억 뷰라는 기록을 세운 네이버의 대표적인 로맨스 판타지 웹소설 『재혼황후』(2018)의 줄거리를 듣고 내가 제일 먼저 떠올린 것은 아키텐의 엘레오노르였다. 엘레오노르는 프랑스 루이 7세의 왕비였으나 영국왕 헨리 2세와 사랑에 빠져 남편과 이혼하고 재혼하여 영국 왕비가 되었다. 이 결혼으로 그녀의 영지인 남프랑스의 아키텐은 영국 왕의 영지가 되었다. 그녀가 너무 경건한 나머지 지루한 프랑스 왕을 걷어차고 연하의 잘생긴 영국 왕과 재혼한 결과, 프랑스 내 영국 왕의 영지가 프랑스 왕의 영지보다 커지게 되면서 백년전쟁의 불씨를 심었다.

　당연히 엘레오노르에 대한 역사서의 평가는 그렇게 호의적이지 않다. 하지만 내게는 그 부정적인 서술조차도 매력적으로 느껴졌다. 그녀는 지루한 남편을 왕좌와 함께 걷어차고 젊고 야심에 찬 연하의 연인과 함께 바다를 건너 새로운 왕좌에 앉은 과감한 여성이었다. 어떻게 매력적으로 느끼지 않을 수 있는가?

　실제로 프랑스 왕도 함부로 할 수 없는 부유한 공작이었던 엘레오노르는 12세기 프랑스 궁중에서 트루바두르(중세에 연애서정시를 창작한 남프랑스의 음유시인)들을 후원함으로써 세속적인 연애시가 꽃피우는 환경을 만들었다. 그녀의 조부 기욤 9세는 첫 번째 트루바두르이기도 했다. 로맨스의 어원은 '로망스어로 지어진 이야기'인데, 이 트루바두르의 연애시가 처음으로 일상어(로망스어)로 지은 서정시였다.

　당시 귀족 여성의 결혼에는 사랑이 개입되지 않았으므로 사랑은 결혼 외부에 존재했다. 트루바두르가 노래한 연애시의 내용은 주로 기사나 귀족이 기혼의 귀부인에게 구애하는 끝없는 헌신과 결코 채울 수 없는 갈망이었다. 이안 버킷은 이러한 트루바두르의 서정시가 여성의 사회적 지위를 향상시켰다고 지적한다.* 비록 '순결하고 정숙한 궁정 여성'이라는 타자화된 존재이기는 했지만, 고귀한 여성은 기사나 귀족의 사랑과 헌신의 대상이 될 만한 가치 있는 존재라고 인식되었기 때문이다. 또한 현실에서는 엘레오노르처럼 부유한 귀족 여성이 예술가의 후원자가 될 수 있었다. 로맨스는 그 태생부터 당대의 여성이 놓인 사회적 맥락 내부에 존재하며, 동시에 새로운 맥락을 만들어 내기도 하는 존재였다고 할 수 있다.

그러나 『재혼황후』를 읽은 나는 약간 실망할 수밖에 없었다. 주인공인 황후 나비에는 공작의 딸이기는 하지만 오만한 왕비라기에는 너무 완벽한 현모양처의 이미지로 보였기 때문이다. 그것도 '완벽한 황후'라는 묘사대로 귀족이라기보다는 현대의 유능한 전문직 여성에 가까워 보였다. 하지만 유능한 전문직 현모양처도 남편이 임신한 노예 출신의 정부에게 황후 자리를 약속하자 더 이상 참지 못한다. 결국 그녀는 과감하게 하인리라는 보다 나은 선택지를 택한다. 그는 남편보다 젊고, 낭만적 사랑과 변함없는 헌신을 바칠 뿐만 아니라 그녀를 존중하는 마음을 기꺼이 표현하는 이웃 나라의 왕이다. 이 '완벽한 황후'는 남편과 그 정부에게 이혼을 요구받는 치욕스러운 자리에서 이

---

* 이안 버킷, 박형신 역, 『감정과 사회관계』, 한울아카데미, 2017, 60쪽.

혼을 승낙한 다음 곧바로 당당하게 재혼을 요구함으로써 모든 이를 당혹스럽게 만든다.

하지만 이 '완벽한 황후'는 막대한 영지처럼 실질적인 재산을 소유하지는 않았다. 그녀가 갖고 있는 것은 뛰어난 관리 능력, 사교 기술, 행정과 외교에 관한 풍부한 지식, 인맥 등 무형의 것이었다. 어째서일까? 나는 궁금해지기 시작했다.

로맨스 판타지라는 장르는 남성 독자 대상의 웹소설, 흔히 '판무'라고 불리는 판타지 무협 장르와는 완전히 다른 이야기의 형태를 갖고 있다. 앞에서 이야기했듯이, 현재 남성 독자를 대상으로 한 대다수의 웹소설은 로맨스를 성장과 획득의 서사로 대체한다. 레벨이 오르고, 명성을 얻는다. 부와 지위와 명예에 어울리는 아름다운 여성을 획득하기도 하지만 필수적이지는 않다. 주인공에게 낭만적 사랑이라는 감정에 기인한 변화가 일어날 여지가 거의 존재하지 않는 것이다. 연애 대상으로서의 여자 주인공이 사라진 다음에야 오히려 유능하고 개성 있는 여성 인물이 등장하거나, 여자 주인공이 단독 주인공인 판타지 소설이 등장하기 시작한 최근 경향은 아이러니한 동시에 흥미롭다.

반면 여성 웹소설 독자를 위한 로맨스 판타지에서는 사랑이라는 요소가 빠지는 법이 거의 없지만, 이 사랑이 오직 낭만적 사랑인 것만은 아니다. 연애, 정열, 관능, 약혼,

계약결혼, 불륜, 배신, 폭력, 복수, 음모, 이혼, 재혼, 임신, 출산, 학대, 양육. 연애와 결혼 사이에서 가능한 모든 경우의 수를 찾을 수 있을 것 같았다. 재미있는 것은, 이 이야기들이 『루시아』나 『재혼황후』에서 볼 수 있듯이 매우 과장된 가부장제 사회를 배경으로 하고 있다는 점이었다.

이혼율과 비혼율이 치솟고 생애미혼율도 높은 21세기 한국에서 왜 이런 이야기들이 끊임없이 만들어지고, 인기를 끌며 소비되는 것일까? 나는 이 수수께끼를 좀 더 많은 여성들과 함께 읽어보고, 풀어보고 싶었다.

Q | 어느 날 로맨스 판타지를 읽기 시작했다

Chapter 2 〉

지금 우리는 〉   무엇을 〉

사랑할까 〉

우리는 지금 사랑받고 싶은가?

로맨스 판타지 웹소설 『버림받은 황비』는 2014년 큰 인기를 끈 작품이며, 이를 원작으로 한 웹툰 『버림받은 황비』도 못지 않은 인기를 끌었다. 앞에서 얘기했듯이, 내가 『버림받은 황비』를 처음 본 것은 도서관에서였다. 판타지 소설로 보이는 작품이 대학 도서관 대출 도서 순위에서 1위를 차지한 것이 눈길을 끌었다. 실제로 그 책은 많이 읽힌 듯 헤진 상태였다. 줄거리는 '차원이동물'과 '남주 후회물'과 '회귀물'을 합친 것처럼 보였다. '차원이동물'은 2000년대까지 흔히 쓰인 설정으로, 말 그대로 현대의 인물이 다른 세계로 이동하는 것이다. 차원을 뛰어넘은 현대인은 특별한 능력을 가지거나 현대 지식을 활용하여 출세하게 된다. '남주 후회물'은 말 그대로 주로 여자 주인공에게 돌이키기 어려운 죄를 지은 남자 주인공이 자신의 잘못을 후회하고 개과천선하는 과정이 서사의 초점이 되는 작품을 뜻한다. '회귀물'은 좋지 않은 결말을 맞은 주인공이 흔히 과거로 돌아가 새로운 삶을 살 수 있는 기회를 얻는 장르이다. 내가 이 소설에서 흥미를 느낀 것은 주인공 아리스티아의 강력한 연적이 지은이라는 차원 이동자라는 점이었다.

설정에서 알 수 있듯이, 차원이동은 주로 독자가 주인공에게 쉽게 몰입하도록 유도하기 위한 서사적 장치이다. 현대 독자에게 중세 유럽의 이미지를 본뜬 것처럼 보이는 판타지 소설의 세계관은 낯설 수밖에 없기 때문이다. 현대 한국인을 주인공으로 삼음으로써 독자는 이세계의 낯선 가치관과 특징을 쉽게 이해할 수 있게 된다.

그러나 『버림받은 황비』는 '차원이동물'에서 흔히 주인공에게 대항하는 악역을 주인공으로 삼았다. 전형적인 로맨스의 사각관계 구도에서 말하자면 이 주인공은 '악녀'이다. '악녀'의 핵심은 성격이 아니라 위치에 있다. 사회적 규범의 측면에서 볼 때 남자 주인공에게 여자 주인공보다 더 잘 어울리는 여성이어야 한다. 악한 성격은 여자 주인공의 선량한 성격과 대비되면서도 남자 주인공이 싫어할 요소를 주기 위해서 덧붙이는 여분에 가깝다.

『버림받은 황비』의 주인공 아리스티아 라 모니크는 손꼽히는 명문가인 모니크 후작가의 외동딸이며, 어린 시절부터 미래의 황태자비로서 엄격한 교육을 받았다. 하지만 그녀는 정작 아버지 모니크 후작과 황태자 루블리스의 사랑을 받지 못한 채 오직 완벽한 황태자비, 궁극적으로는 황후가 되기 위해 노력한다.

이에 비해 지은은 갑자기 이세계에 출현한 현대 한국인이다. 신탁에 의해 그녀가 황후가 되고, 아리스티아는 황비로 격하된다. 여기에는 황후와 황비가 존재하는 한국 로맨스 판타지의 독특한 결혼 시스템이 서사에 큰 영향을 끼친다.

로맨스 판타지의 시대적 배경은 일견 서양의 중세 혹은 근세를 연상시키지만 종종 그 왕실이나 황실에는 기독교의 영향으로 정부를 둘지언정 엄격하게 일부일처제의 원칙을 지켰던 서양의 왕실이 아니라 조선 왕실의 일부다처제를 결합시킨 독특한 결혼 시스템이 존재한다. 그 이유는 바로 『버림받은 황비』에서 볼 수 있듯 인물 간 경쟁과 갈등의 심화가 가능하기 때문일 것이다. 평생 황제의 '정처'인 황후가 되기 위해 노력해온 아리스티아가 갑자기 나타난 지은에 의해 '첩실'인 황비로 격하되었다는 사실은 독자에게 큰 충격을 주며 심각한 갈등으로 여겨지기 때문이다. 반면 이러한 상황은 지은의 시점에서 보면 전형적인 차원이동물 로맨스에 가까운 전개이다. 갑자기 낯선 이세계에 떨어지고, 신탁에 의해 성녀로 떠받들려 바라지도 않았는데 젊고 잘생긴 황제의 황후가 되는 것이다.

하지만 『버림받은 황비』는 아리스티아의 시점에서 그녀가 어린 시절부터 우정 등 따스한 인간적인 교류를 포기하고 노력하여 갖춘 것들을 지은은 무엇 하나 갖추지 못했다는 점을 부각시킨다. 그녀는 현대인이기 때문에 신분제나 정치적 상황, 황궁의 관례를 잘 이해하지 못한다. 그녀는 자격을 갖추지 못했으면서 자리를 차지한 인물, 즉 무임승차자인 것이다. 그럼에도 불구하고 황제 루블리스는 지은을 사랑하기 때문에 그녀를 감싸주고 오히려 아리스티아를 공격하며 부당하게 대우한다.

루블리스는 초반에 아리스티아에게 열등감을 가진 것으로 묘사되는데, 그녀를 모욕하고 갖은 폭력을 휘두르다가 그녀의 아버지인 모니크 후작을 죽였다며 조롱하기까지 한다. 성폭력과 유산을 거치면서 루블리스를 향한 사랑을 잃어가던 아리스티아는 결국 이성을 잃고 황제에게 상해를 입히려다가 처형당하기에 이른다. 처형당하며 아리스티아는 자신이 황제에게 가졌던 맹목적인 사랑을 완전히 버릴 것을 맹세한다. 그리고 눈을 뜨자 열 살의 자신으로 돌아와 있음을 깨닫는다. 그녀는 이제 이전과는 완전히 다른 인생을 선택하고자 한다.

독자가 본래 이입하기 쉬운 인물인 지은을 적대하고 아리스티아에게 완전히 이입하게 된다는 점에서, 이 도입부는 매우 효과적이다. 사실 회귀 전의 아리스티아는 친근감을 가지기 어려운 인물이다. 그녀는 완벽한 귀부인이고, 주변에서 바란 대로 아름다운 인형에 가까운 인물이다. 황태자로서 늘 압박감에 시달리며 성장한 루블리스가 아리스티아가 아니라 활발하고 자유로운 지은에게 매력을 느끼게 되는 것도 수긍할 수 있다.

이 작품에서 아리스티아의 어머니인 모니크 후작 부인과 루블리스의 어머니인 황후는 모두 그들이 어릴 때 사망했다. 아내를 잃은 모니크 후작과 황제는 자식들에게 애정이 없는 것은 아니지만 표현하지 않는다. 그 결과 아리스티아와 루블리스는 모두 유능하고 모범적일 것을 바라는 주변의 압력 속에서 성장하는데, 이는 루블리스가 아리스티아를 경쟁자로서만 인식하고 거부하는 것을 합리화하기 위한 설정으로 볼 수 있다. 실제로『버림받은 황비』는 독자에게 계속해서 아리스티아가 사실은 아버지에게 사랑받고 싶은 딸이며 다른 사람과 어떻게 좋은 관계를 맺을 수 있는지 모르는 서툰 모범생이자 근면한 노력가임을 보여준다. 하지만 그녀의 노력은 결실을 맺지 못한다.

나아가 『버림받은 황비』는 아리스티아의 노력이 지은을 향한 루블리스의 낭만적 사랑에 의해 '부당하게' 짓밟히는 것으로 묘사한다. 이때 드러나는 '황후'라는 지위에 관한 인식은 주목할 만하다. 이것은 『재혼황후』와도 공통되는 점이다. 『재혼황후』의 연재 페이지의 줄거리 소개는 다음과 같다.

완벽한 황후였다. 그러나 황제는 도움이 될 황후가 필요 없다고 한다. 그가 원하는 건 배우자이지 동료가 아니라 한다. 황제는 나비에를 버리고 노예 출신의 여자를 옆에 두었다. 그래도 괜찮았다. 황제가 그녀에게 다음 황후 자리를 약속하는 걸 듣기 전까진. 나비에는 고민 끝에 결심했다. 그렇다면 난 옆 나라의 황제와 재혼하겠다고.

나비에는 어린 시절부터 황태자비로서 황태자 소비에슈와 함께 성장했고, 그들은 아리스티아, 루블리스와는 달리 서로에게 호감을 갖는다. 나비에는 아름다움, 기품, 우아함을 갖췄을 뿐만이 아니라 매우 유능한 황후로서 국정에 깊이 관여한 것으로 묘사된다. 이러한 그녀의 위치는 그녀가 옆 나라의 왕 하인리와 재혼하게 되자 문제시된다. 동대제국에서는 전임 황후인 그녀가 지나치게 국가 기밀을 많이 알고 있기 때문에 이를 누설할까 불안해하고,

서대제국에서는 외국인인 그녀가 국정에 간섭하는 것이 아닌가 우려한다.

하지만 『버림받은 황비』와 달리 『재혼황후』에서는 그것이 큰 문제가 되지는 않는다. 소비에슈는 나비에에 대한 신뢰로 이러한 귀족들의 불안을 무시하고, 하인리는 그녀를 향한 사랑으로 그녀가 국정에 참가할 것이라 못을 박기 때문이다. 나비에 역시 지나치게 유능하여 소비에슈가 원하는 애정에 기반한 배우자가 되지는 못했지만, 아리스티아와 달리 소비에슈에게 존중받고 그의 신뢰를 얻은 것으로 묘사된다. 그녀가 재혼한 하인리는 여기서 더 나아가 나비에에게 낭만적 사랑에 기반한 헌신과 애정까지 바친다. 아이러니하게도, 낭만적 사랑이 없다는 것과 아마도 후계 문제 때문에 나비에와 이혼하고자 한 소비에슈가 모든 것을 잃는 것과 달리 하인리는 나비에에게 낭만적 사랑을 바침으로써 모든 것을 얻는다.

하지만 여기서는 조금 다른 각도에서 살펴보자. 『버림받은 황비』라는 제목은 그대로 아리스티아를 뜻한다. 그러면 누가 그녀를 버렸는가? 첫 번째 삶에서 아리스티아는 아버지에게 사랑받지 못한다고 믿고, 자신이 사랑하는 루블리스는 자신을 증오한다는 것을 깨닫는다. 황후가 되기 위해 살아온 아리스티아에게는 황비라는 지위 자체가 그녀의 삶이 실패라는 증거가 된다. 그녀는 짧은 평생을 아버지와 배우자의 사랑을 받기 위해 노력해왔지만 바로 그 노력 때문에 실패한다. 즉, 지나치게 유능한 여성은 남성의 사랑을 받지 못하며, 사랑받지 못한 여성은 파멸할 수밖에 없다는 것이다. 『버림받은 황비』는 아리스티아의 비참한 죽음을 통해 가부장제 하에서 남성에게 사랑받지 못하는 여성은 사랑받는 여성에게 패배한다는 사실을 확인하는 데서 출발한다.

마찬가지로 『재혼황후』에서도 나비에는 갈고 닦은 사교력, 지성과 학식, 외교적인 수완, 유력한 집안 배경에 힘입어 완벽한 황후가 되었지만, 소비에슈의 불륜을 막는 데는 무력했다. 나아가 그가 임신한 정부를 황후로 삼고자 했을 때, 그녀는 단순히 남편의 사랑을 잃어서 괴로운 것만이 아니라 자긍심의 원천인 황후라는 지위를 멋대로 정부에게 수여하는 태도에 매우 큰 모욕감을 느낀다. 물론 그녀는 아리스티아와 달리 바로 그 사랑을 통해 하인리의 황후가 된다. 하지만 서대제국에서 나비에는 자신의 위치가 오직 하인리의 사랑에 달려있음을 알고 있기에 그에게 애정을 표현하기를 주저한다. 『재혼황후』는 이혼과 즉각적인 재혼을 통해 그녀가 경험하는 모욕감을 뒤집는 것처럼 보이지만, 사실 나비에가 겪은 것은 그녀가 아무리 유능하다고 해도 황후라는 자리는 가부장이 부여하는 것, 따라서 가부장의 의사에 따라 언제든지 박탈될 수 있는 불안정한 위치라는 자각이다. 나비에는 이미 소비에슈의 행동을 통하여 사랑에 빠진 황제가 황후라는 지위를 어떤 식으로 다루는지 보았다. 하인리의 마음이 식으면 어떻게 될 것인가? 황후로서 쌓아올린 업적과 명성, 가족, 국민의 존경이 있었던 동대제국과 달리 서대제국의 나비에는 타국 출신의 귀족 여성일 뿐이다. 이러한 상황에서 그녀가 쉽사리 하인리의 구애에 마음을 열지 못하는 것은 구애와 헌신의 대상이라는 위치 관계가 변화해도 하인리의 사랑이 변함없을 것이라는 확신이 아직 없었기 때문이다.

『버림받은 황비』와『재혼황후』는 아름답고 완벽한 황후라는 환상이 사실은 가부장 남성에게 종속된 위치임을 보여준다. 이는 아리스티아와 나비에 모두 자식이 없다는 사실에 의해 더욱 강조된다. 아리스티아의 유산이 그녀의 비극성을 더 강화시키는 것은 가부장제 내부에서 여성의 위치를 견고하게 만드는 것은 남성의 사랑만이 아니라 자녀, 특히 아들의 존재이기 때문이다. 실제로 나비에는 완벽한 황후임에도 임신한 정부에 의해 밀려나는 위기에 처한다. 그들의 대응은 언뜻 보기에는 대조적인 것처럼 보인다. 나비에는 하인리의 헌신과 사랑을 통해 서대제국 황후로서의 삶을 공고히 한다. 아리스티아는 회귀를 통해 아예 루블리스의 사랑을 포기하고 보다 주도적으로 자신의 삶을 살고자 노력한다. 그러나 결국 아리스티아의 거부가 루블리스의 관심을 끌어 아리스티아는 그의 사랑까지 얻고 황후가 된다.

흥미로운 것은 『버림받은 황비』와 『재혼황후』를 관통하는 '억울함'의 정서이다. 그들은 완벽한 황후가 되기 위해 피나는 노력을 했지만, 사실 로맨스에서 그 자리는 지은이나 라스타 같은 신데렐라를 위해 준비된 자리이다. 아무리 재색을 겸비하고 훌륭한 자질을 갖고 있더라도, 황후란 결국 황제가 존재함으로써만 있을 수 있는 위치이기 때문이다. 대통령 없는 퍼스트레이디가 있을 수 없듯이.

하지만 두 작품의 독자들은 모두 그 자리를 잃는 것을 억울하다고 느낌으로써 이야기에 몰입한다. 왜냐하면, 아무도 아리스티아와 나비에에게 진실을 얘기해주지 않기 때문이다. 로맨스의 세계라면 그 자리의 주인은 신데렐라이고, 현실이라면 엘레오노르 왕비처럼 혈통과 재산, 권력이 결정하는 자리이다. 아리스티아와 나비에는 후작의 딸이지만 그들은 황제에게 충성하는 신하일 뿐이다. 두 작품 모두 황후를 고도의 전문직처럼 묘사하지만, 황후의 권위란 결국 황제의 권력에서 나온다. 그렇다면, 우리는 여기서 무엇을 알 수 있을까?

지금 로맨스 판타지의 독자들은 지은이나 라스타처럼 낭만적 사랑 하나만으로 매력적인 남성 곁의 빛나는 자리를 차지하는 신데렐라에 이입하지 못한다. 오히려 그들처럼 사랑만으로 손쉽게 높은 지위를 얻는 이들을 일종의 '무임승차자'로 본다. 시험에 통과하고 경쟁에 이겨 정당한 자격을 획득해서 얻는 것이 정당하다고 생각하는 것이다. 그렇기 때문에 루블리스나 소비에슈가 낭만적 사랑에 빠져 자격이 없는 여성을 황후로 앉히는 행동은 불공정한 행동이 된다. 그래서 억울한 것이다. 이것이 한국사회의 과도한 경쟁 심리와 불안정성 때문이라는 해석은 유혹적이다. 하지만 나는 이것이 로맨스에 대한 보다 본질적인 문제 제기라고 본다.

이제 우리는 모두 알고 있다. 아무도 신데렐라의 결혼식 다음 이야기를 궁금해하지 않듯이, 남성과의 낭만적 사랑은 아무것도 보장해주지 않는다는 사실을. 〈겨울왕국〉에서 안나와 한스의 서사가 보여주듯이, 이제 아이들조차도 남녀 간의 낭만적 사랑이 모든 것을 해결해준다고 믿지 않는다. 아리스티아가 회귀 후 황후가 아닌 자신의 삶을 개척하려 했듯이, 나비에가 하인리에게 너무 의존하지 않으려 자신의 마음을 단속하려 했듯이, 이제 로맨스 판타지의 작가와 독자 모두 그 진실을 알고 있다. 황제 옆의 빛나는 듯이 보이는 자리는 기실 누가 앉아도 상관없으며, 아무것도 보장되지 않는 공허한 자리라는 것을.

때문에 아리스티아와 나비에의 매력은 남자 주인공에게 받는 사랑을 논하기에 앞서 그들이 황후가 될 수 있는 자격을 갖춘 유능하고 아름다운 완벽한 여성이라는 사실에 집중된다. 그리고 회귀 후의 변화한 루블리스나 하인리의 사랑, 즉 완벽한 여성에게 어울리는 멋진 남성은 로맨스 판타지가 그들에게 바치는 마지막 왕관인 것이다.

우리는 누구에게 사랑받고 싶은가?

'애교'라는 말을 들으면 무엇이 떠오를까? 어린아이의 귀여운 행동을 떠올리는 사람도 있을 것이고, '여우하고는 살아도 곰과는 살 수 없다'는 말이나 '남자는 여자 하기 나름이에요'라는 옛날 TV광고를 떠올리는 사람도 있을 것이다.

내게 인상적인 기억은 대학원 시절 1940년대 대중잡지를 통독하는 세미나에서 보았던 잡지 기사였다. 어떤 여학교 일본인 교장의 인터뷰 기사였는데, 요약하자면 조선의 여성들은 무뚝뚝하여 '내지(일본)' 여성들과 비교하여 애교가 부족하다, 그래서 자기가 교장으로 있는 여학교는 교훈校訓 중 하나로 '애교'를 넣었다는 것이었다. 애교의 사전적인 의미는 '남에게 귀엽게 보이려는 태도'이다. 여성 교육의 목표로서 애교를 내걸었다는 것은 학생들에게 애교를 교육하겠다는 것인데, 교육을 통해 익힐 수 있다는 것은 애교가 곧 어떤 목적을 위해 습득하는 기능이라는 뜻일 것이다.

21세기 한국에서도 명절날 모인 친척들이 어린아이에게 애교를 요구하거나 대중매체, 특히 예능 프로그램에서 아이돌에게 애교를 청하는 것은 흔한 풍경이다. 말하자면 자신들에게 귀엽게 보이려는 태도를 의식적으로 취하라고 요구하는 것이다. 나는 웃는 낯으로 태연하게 그런 요구를 하고 훈훈한 웃음이 터지는 단란한 풍경이 가끔 매우 어색하게 보인다.

최근의 '애교는 약자의 언어'라는 지적은 그래서 수긍할 만하다. 어른은 아이에게 애교를 부리지 않는다. 예능 프로그램의 진행자가 아이돌에게 애교를 부리지는 않는다. 그리고 때때로 로맨스 판타지에서 애교는 딸의 생존 전략이다.

앞에서 얘기했듯이, 이제 로맨스 판타지에서 남성과의 사랑은 더 이상 만병통치약이 아니다. 그러나 로맨스는 장르의 특성상 이성과의 낭만적인 연애를 전제로 한다. 때문에 남자 주인공에게 보다 다양한 변주가 일어나게 된다. 가장 눈에 띄는 변화 중 하나는 앞서 언급했듯 서브 남자 주인공에 그쳤던 '다정남'이 남자 주인공으로 등장하는 경우가 예전보다 훨씬 늘어났다는 사실일 것이다.

그러나 여기서는 조금 다른 이야기를 하고 싶다. 바로 로맨스 판타지의 서사에서 여자 주인공 아버지의 비중이 눈에 띄게 늘어났다는 점이다. 『버림받은 황비』에서 살펴보았듯이, 아리스티아가 인간관계에 자신감을 잃고 움츠러들게 되는 가장 큰 원인 중 하나는 친아버지인 모니크 후작이 외동딸인 그녀를 외면했기 때문이다. 이는 사랑하는 아내가 딸을 낳다가 난산으로 사망했기 때문인데, 이러한 설정은 로맨스 판타지에서 드물지 않다. 첫 번째 삶에서 아버지가 사실은 자신을 사랑했음을 확인한 아리스티아는, 회귀 후 가장 먼저 아버지와의 관계를 개선함으로써 다른 삶을 살아갈 물질적, 심리적 토대를 형성한다.

이는 최근 상업적으로 큰 성공을 거둔 많은 로맨스 판타지가 보여주는 부녀관계이다. 예를 들어, 폭발적인 인기를 끈 『황제의 외동딸』(2014), 『왕의 딸로 태어났다고 합니다』(2015) 같은 작품에서는 현대 여성이 사고를 당해 각각 황제의 어린 외동딸과 왕녀로 환생했음에도 불구하고, 신분제 사회에서 적어도 부유한 삶을 살 것이라는 처음 예상과 다른 상황을 맞게 된다. 살벌한 폭군이 자신의 딸까지 죽이려 들기 때문이다. 생명의 위험을 감지한 주인공은 실제 유아가 아니라 현대인의 이성을 갖추고 있으므로 필사적으로 아버지의 비위를 맞춰 살아남는다. 뿐만 아니라 총애를 받음으로써 황녀 혹은 왕녀로서 기대할 수 있는 풍요로운 물질적 기반을 갖춘다.

하지만 이들은 아버지인 권력자의 마음이 떠나면 자

신은 모든 것을 잃어버린다는 사실을 잘 알고 있다. 그래서 그들은 끊임없이 아버지의 심기를 살피고 애교를 부리거나 유능함이나 영리함을 과시하여 자신들이 사랑받을 자격이 있음을 증명하고자 한다. 이를 가장 잘 보여주는 작품들이 자식조차 함부로 대하거나 때론 죽이려고까지 하는 폭군을 사랑스러움으로 녹여 '딸바보'로 만드는 '육아물'이다. 앞서 예로 든 두 작품도 여기에 속하며, 두 작품 모두 백만 명 이상이 감상했거나 백만 달러 이상의 매출을 기록한 작품들만 들어갈 수 있는 카카오페이지의 '밀리언페이지'에 들어갈 정도로 상업적인 성공을 거뒀다.

주요 플롯은 아닐지라도, 냉대받던 여자 주인공이 가부장에게 사랑받음으로써 정신적, 물질적 성공의 기초를 쌓아 올리는 로맨스 판타지 소설은 매우 많다. 예를 들어 『나는 이 집 아이』(2017)의 주인공 에스텔은 이름조차 붙여주지 않는 창부 어머니 밑에서 학대를 받다가 열 살 때 아버지인 냉혹한 카스티엘로 공작에게 팔려간다. 이 소설의 주요 서사는 에스텔이 냉혹한 아버지와 오빠에게 사랑받으며 성장하는 데 있다. 에스텔이 아버지와 오빠의 사랑 속에서 '나는 이 집 아이'라고 인식하는 것, 가부장의 사랑 속에서 소속감과 자존감을 형성하는 것이 이야기의 초점이다. 자연히 남자 주인공인 호위 기사 에멜과의 로맨스는 힘을 잃는다. '로맨스' 판타지에서 이성과의 낭만적인 로맨스가 부차적인 것이 되는 셈이다. 이처럼 남자 주인공이 빛 바랠 정도로 강력한 가부장으로 등장하는 '아버지'를 어떻게 보아야 할까?

　기존의 로맨스 서사에서 위기에 빠진 여자 주인공을 구하는 것은 남자 주인공의 의무이자 특권이었다. 자연히 아버지는 무력해질 수밖에 없었다. 신데렐라의 아버지는 바다로 사라지고, 백설공주의 아버지는 저주로 함께 잠들고, 인어공주의 아버지는 아예 나타나지도 않듯이. 그러나 21세기의 로맨스 판타지 주인공들은 남자 주인공이 아니라 아버지에게서 가부장이 가진 권력과 부, 정서적인 지지를 얻고자 한다. 이 가부장이 반드시 친아버지여야만 하는 것은 아니다.

　『악녀는 모래시계를 되돌린다』(2017)의 주인공 아리아는 재혼한 어머니를 따라 로스첸트 백작가에 들어간 평민 출신 여성이다. 로스첸트가에는 전처의 자식인 카인과 미엘르 남매가 있다. 이 작품의 첫 장면은 아리아가 아름다운 외모만 믿고 악행을 저지르다가 사형을 당하는 장면에서 시작한다. 자신의 악행을 뉘우치던 아리아는 마지막 순간에 미엘르가 사람들의 믿음과 달리 성녀를 연기하며 자신의 악행을 부추겨 이 자리에 이르게 만들었다는 사실을 깨닫는다. 아리아는 회귀하는데, 미래에서 얻은 정보를 활용하여 제일 먼저 하는 일은 의붓아버지인 로스첸트 백작의 환심을 사는 것이다.

　회귀한 아리아는 미래에 일어날 중요한 사건이나 사실을 이미 알고 있다. 그런 그녀가 가문의 사업에 도움이 되는 조언을 하는 것만이 아니라 과장된 여성성을 과시함으로써 친자식인 미엘르를 제치고 로스첸트 백작의 환심을 살 수 있을 것이라고 믿어 의심치 않는다는 사실은 매우 흥미롭다. 미리 자수 솜씨가 뛰어난 가정교사를 구한 아리아는 전생에 미엘르가 했듯이 의붓아버지에게 가문의 문장을 수놓은 손수건을 먼저 선물하면서 그를 걱정하는 순진한 말투와 사랑스러운 몸짓을 가장하면 의붓아버지가 자신을 기꺼워할 것이라 굳게 믿는다. 실제로 로스첸트 백작은 아리아의 선물에 흡족해하고 친자식들 앞에서 그녀를 칭찬한다.

　나는 이 장면을 읽으면서 당혹스러움을 느꼈는데, 웹소설에서 부녀 관계를 이렇게까지 건조하고 냉혹하게 바라보는 시선을 목격하게 될 것이라고는 예상하지 못했기 때문이다. 심지어 이 장면에서 친자식인 미엘르가 분노하는 이유 역시 경쟁자에게 가부장의 애정을 빼앗김으로써 집안의 주도권을 잃었기 때문으로 보인다. 그들에게 로스첸트 백작은 어떤 인격적, 감정적 존재가 아니라 비위를 맞춤으로써 한정적인 자원, 특히 그들이 귀족 여성이기 때문에 간접적으로밖에 접근할 수 없는 경제력을 제공하는 존재일 뿐이다.

과거, 귀족 사회에서 평민 출신인 아리아는 그들의 위선을 비웃으면서 화려한 외모를 이용하여 미혼의 남성 귀족들을 매혹하고 마음대로 휘둘렀다. 하지만 평판이 떨어지자 그녀에게 매혹되었던 젊은 남성들도 떠나가고, 그녀는 비참한 상황에 빠진다. 이 삶에서 아리아가 뼈저리게 얻은 교훈은 가부장제 사회가 칭송하는 여성다운 여성, 즉 우아하고 기품 있으며 외모까지도 청순한 미엘르 같은 여성이야말로 가장 큰 이득을 얻는다는 사실이다. 그 성녀 가면 밑의 미엘르가 사실은 아리아와 다를 바 없다고 해도 상관없다.

우리는 이미 이런 '지혜'를 익히 알고 있다. 진정 영리한 여성이란 남성을 움직이는 여성이며, 역사를 움직이는 건 남자지만 그 남자를 움직이는 건 여자이고, 남자는 여자 하기 나름이라는 식의 진부하고 통속적인 '지혜' 말이다. 아리아는 미엘르처럼 연약하고 순수한 여성인 척하면서 남성의 비호와 사랑을 받아 가부장제에 편입되어 그 남성의 권력을 이용하는 것이야말로 영리한 방식임을 학습한 것이다.

『악녀는 모래시계를 되돌린다』라는 제목에서 알 수 있듯이, 아리아는 악녀이다. 가부장제 사회에서는 그 악녀도 성녀의 방식을 모방해야만 살아남을 수 있다. 물론 그녀는 악녀이기에 여기서 멈추지 않고 미엘르가 하지 못한 일들을 해낸다. 바꿔 말한다면, 로맨스 판타지에서 돈과 권력을 쥔 가부장의 사랑은 경제적 기반과 정신적인 안정, 심지어 신체적인 안전을 위해서 여자 주인공에게 반드시 필요한 조건이라는 이야기일 것이다. 악녀에게조차도.

그러나 왜 그 가부장이 남자 주인공이 아니라 아버지여야 할까? 그 이유를 현재 한국사회가 겪고 있는 여성과 남성 간의 첨예한 긴장과 갈등을 빼놓고 이야기할 수는 없을 것이다. 한때 한국 대중문화에서 '나쁜 남자'가 매력적인 남자 주인공이던 시절이 있었다. 그러나 이제 가스라이팅, 그루밍, 데이트폭력, 안전이별이 일상어가 된 상황에서 여성들은 더 이상 야성적이고 위험한 남성을 편안하게 매력적이라 느끼지 못한다. 물론『황제의 외동딸』과『왕의 딸로 태어났다고 합니다』의 아버지도 폭군이었고, 주인공들은 일상적인 죽음의 위협에 시달렸다. 하지만 그들은 아버지이기 때문에, 목숨은 위협할 망정 성폭력이나 성적인 착취의 위협은 존재하지 않는다. 또한 아버지이기 때문에 그들이 종국에는 '딸바보'가 되는 것은 그 자체로 개연성을 갖는다.

말하자면 이런 종류의 육아물에서 아버지란 성적인 긴장 관계가 제거된 '나쁜 남자'라고 볼 수 있다. 권력을 휘두르는, 위험하고 야성적이면서 그만큼 매력적인 이성이다. 이 아버지가 매력적이면 매력적인 만큼 남자 주인공의 매력이 줄어드는 것은 당연하다. '딸바보'가 된 아버지는 기꺼이 자신의 권력으로 딸을 비호하고 뒷받침해 주면서도 딸의 살가운 애교를 기꺼워할지언정 다른 보답을 바라지는 않을 것이기 때문이다.

그리고 육아물이 아니더라도 로맨스 판타지는 주인공에게 아버지의 사랑이 필요한 이유를 퍽 건조하게 보여준다. 황가, 왕가, 귀족 사회가 철저한 신분제 가부장제 사회인 이상, 여성이 활약하기 위해서는 가부장의 적극적인 지원과 지지가 필요하다. 기존의 로맨스 서사에서 남자 주인공이 맡았던 역할은 오히려 축소되고, 아버지가 그 역할을 맡는다. 이것은 일견 근친애적인 성향처럼 보이지만 그 바탕에 있는 것은 강력한 권력을 쥔 젊은 남성, 즉 남자 주인공을 향한 불신이다.

하지만 그렇다고 이 딸들은 과연 그 아버지를 사랑하는가? 생존하기 위해 끊임없이 애교를 부리고 유용성을 증명함으로써 거칠고 위험한 아버지를 '딸바보'로 만들려는 딸들의 시도는 '회귀물'이나 '빙의물'에서 주로 볼 수 있다. 이때 어린 딸들의 애교는 독자들에게 천진한 아이의 외모와는 대조적인 현대인의 비굴함과 잔꾀를 동시에 보여줌으로써 웃음을 유발한다. 하지만 현실에 엄연히 존재하는 가정 폭력을 떠올리면 마음 놓고 웃기에는 지나치게 아슬아슬해 보인다.

물론 이것이 그대로 현실의 부녀 관계에 그대로 적용되는 것은 아니다. 로맨스 판타지의 세계는 지극히 과장된 가공의 세계이기 때문이다. 오히려 작가와 독자가 공유하는 부성애에 관한 어떤 공통된 인식을 드러내는 것이 아닐까? 가부장제 사회에서 아버지의 사랑은 딸의 안정과 행복을 위해 반드시 필요하다. 하지만 그것은 가부장에게 철저하게 종속된 딸이 애교라는 이름의 순종적인 몸짓과 허위적인 애정 표현을 보일 때야 비로소 얻을 수 있다는 지극히 냉소적이고 건조한 인식 말이다.

우리는 누구를 사랑하고 싶은가?

2015년을 전후한 페미니즘 리부트 이후 여성 독자들을 겨냥한 웹소설에서는 페미니즘 경향이 두드러지게 나타났다. 앞에서도 이야기했지만, 2016년 여름에 읽고 있던 조아라 연재작의 작가 후기에서 "조신하고 순결하고 다정한 남주"가 좋다는 글을 읽고 놀랐던 기억이 있다.

2016년부터, 남자 주인공이 말 그대로 '순결한' 작품들이 나오기 시작했다. 『슈공녀』(2016), 『하녀, 여왕이 되다』(2016), 『호수에 던지는 돌멩이』(2016)를 그 예로 들 수 있다. 세 작품에는 공통적으로 지고지순하고 헌신적인 남자 주인공이 등장한다. 이러한 작품들에서 내가 제일 먼저 주목한 것은 이야기의 변화였다. 단순히 남자 주인공의 성격이 변화한 것뿐만 아니라 이야기 자체가 변화했기 때문이다.

『슈공녀』의 주인공 발리아는 몰락 귀족으로서 여러 불행 끝에 가난하고 쓸쓸하게 삶을 끝냈지만, 회귀하면서 전과는 다른 삶을 살기로 결심한다. 신전의 공녀가 된 여성이 슈덴 가르츠 후작의 부인이 되는 행운을 얻었으나, 곧 그가 다른 세상에서 온 신녀에게 반하여 불행해졌음을 이전 삶에서 그녀는 기억하고 있었다. 그렇기에 자신은 절대 사랑에 빠지지 않을 것이라 믿고 신전의 공녀로 자원한다.

남자 주인공인 슈덴이 오직 발리아만을 사랑하고 존중하며 배려하기 때문에, 남녀 주인공 사이의 갈등은 거의 존재하지 않는다. 때문에 갈등은 주로 외부에서 발생한다. 슈덴에게도 혈연에 집착하여 학살까지 한 친부를 향한 뿌리 깊은 상처와 증오가 존재한다. 하지만 그는 다른 흔한 남자 주인공들과 달리 자신의 상처를 들먹이며 발리아를 무시하거나 상처 입히지 않는다.

이런 설정은 이야기의 측면에서 보자면 반드시 유리한 것은 아니다. 작품의 긴장감이 떨어지기 때문이다.『버림받은 황비』에서 보았듯이, 로맨스 서사의 가장 큰 갈등은 여자 주인공과 남자 주인공 사이의 관계성에 있다. 둘 사이의 갈등이 크면 클수록, 이들의 사랑이 어떻게 이루어질 것인가, 혹은 좌절될 것인가를 두고 서사의 긴장이 고조되고, 독자들의 관심도 커진다. 『슈공녀』는 바로 그 로맨스에서 가장 핵심적인 갈등을 포기한다는 대담한 선택을 했다.

　『하녀, 여왕이 되다』의 주인공 유레이니아 역시 회귀한 여성이다. 왕궁의 하녀였던 그녀는 국왕의 애첩이 되어 방탕한 생활을 즐기지만, 왕비의 함정에 빠져 단두대에 끌려간 후 회귀한다. 회귀한 후에도 그녀는 반성하지 않고 다시 한 번 국왕의 애첩이 되려고 애쓰다가 그녀와 정반대의 인물인 평민 출신 재상 오스카와 얽히게 된다.

　이 소설은 유레이니아의 성격 때문에 초반부터 독자의 호오好惡가 크게 나뉜다. 그녀는 대부분의 로맨스 판타지 여자 주인공들과 달리 절세미녀도 아니고 선량하지 않을 뿐 아니라, 사치스럽고 어리석으며 게으르고 편안한 삶만을 추구한다. 그럼에도 국왕과 재상에게 사랑받는다. 특히 재상인 오스카는 그녀가 사치스럽고 어리석다는 사실을 인정하면서도 자신이 두 사람 몫을 벌고 일하면 된다고 합리화한다. 경쟁과 과도한 성실성을 내면화한 한국의 독자가 결코 쉽게 이입할 수 있는 인물이 아니다.

　물론 아름답고 선량하며 '여성적'인 여자 주인공이라

는 스테레오 타입에 많은 독자들이 권태를 느끼고 있는 것은 사실이다. 이에 대한 변주로 아주 영리하거나 자신의 권리를 당당하게 주장할 수 있는 당찬 성격의 여자 주인공, 특출나게 유능하거나 재능이 있어서 남성들도 기꺼이 존경을 표하는 여자 주인공, 거기서 한 걸음 더 나아가 자신의 욕심을 긍정하고 기꺼이 타인을 이용하는 '악녀'형 여자 주인공도 인기를 끌었다.

하지만 로맨스 판타지에서 독자가 기본적으로 이입하는 것은 여자 주인공이다. 로맨스 판타지만이 아니라 웹소설에서 독자가 가장 기대하는 독서의 가장 큰 목적 중 하나가 바로 고된 현실을 잊을 수 있는 대리 만족이라는 점을 생각하면, 어째서 유레이니아의 설정이 대담한 선택인지 이해할 수 있을 것이다. 우리는 외모가 아름답고 영리하고 유능하며, 선량하거나 똑똑한 여자 주인공에게는 기꺼이 이입할 수 있다. 앞의 조건을 갖추고 있다면 거만하고 사악한 여자 주인공에게도 이입할 수 있다. 하지만 다른 사람에게 손가락질을 받을 정도로 사치스럽고 어리석으며, 그 사실을 기꺼이 인정할 만큼 뻔뻔하고 게으른 여성에 이입할 수 있는 사람은 매우 적다.

한편 『호수에 던지는 돌멩이』의 주인공 이보르 아델라는 몰락한 귀족 가문의 후계자로 태어나, 동생 듀란을 위해 아버지가 조종하는 대로 늙은 왕을 유혹하고, 왕국의 정당한 후계자인 왕자를 괴롭히고 모욕하며 정치적으로 궁지에 몰아넣은 사악한 왕비로 살았다. 그녀는 로맨스 판타지의 다른 악녀들과 달리 자신의 패배까지도 계산하고 움직였지만, 마지막 순간에 승자가 된 동생은 누이를 증오했다고 말한다. 반면 자신을 증오할 것이라 믿었던 왕자는 그녀를 사형시켜야 함을 알면서도 오히려 애틋한 사랑을 고백한다. 이에 회귀한 그녀는 고심한 끝에 전과는 다른 삶을 살아가려 한다.

아름답고 냉혹하며 궁정 정치의 생리에 익숙한 이보르는 유일한 가족이라 여기는 듀란을 통해 점차 가족애를 배우지만, 완벽한 왕자인 시디스의 지고지순한 사랑을 이해하지 못한다. 그러나 그녀는 왕자의 헌신적인 사랑을 접하고 점차 흔들리며 변화해간다.

이는 보통 로맨스 서사에서 나타나는 남녀 주인공의 구도가 반전된 형태라고 할 수 있다. 일반적인 로맨스에서는 권력자인 남자 주인공을 사회적으로 보다 낮은 위치에 있는 여자 주인공이 순수한 사랑이나 애정을 통해 감화시킴으로써 두 사람 사이의 권력 관계가 반전된다. 그 권력의 낙차가 독자에게 감정적인 카타르시스를 제공하는 것이다.

이에 비하여 이보르와 시디스는 로맨스의 전형적인 구도대로 몰락한 귀족 가문의 후계자와 왕국의 유일한 후계자인 왕자다. 하지만 심리적으로는 사랑에 무지한 여성과 그녀에게 무조건적인 사랑을 바치는 남성이라는 매우 일방적인 구애 관계에 있다. 이보르를 향한 시디스의 사랑은 차라리 중세의 기사도 로맨스에서 볼 수 있는 귀부인을 향한 기사의 맹목적인 헌신과 봉사를 연상시킨다. 그럼에도 『호수에 던지는 돌멩이』에서 두 사람 사이의 긴장감이 유지되는 것은, 사랑이라는 감정에 무지한 이보르에게 시디스가 기꺼이 완전한 선택권과 주도권을 주기 때문이다. 이러한 관계 설정은 두 사람의 감정이 지극히 순수한 것임을 강조한다. 나아가 주변 인물들과의 갈등과 정치적 음모를 통해 그 감정은 고조된다. 유력한 왕세자비 후보가 된 그녀에게 다른 명문가 출신의 경쟁자 메를리와 헤이나가 나타나기 때문이다.

메를리는 가문의 후계자로서 출중한 재능을 가졌지만 딸이기 때문에 정략의 도구가 될 수밖에 없는 상황에 불만을 느끼고, 그렇다면 최고의 지위로 올라가겠다고 결심하는 정열적인 귀족 여성이다. 반면 헤이나는 회귀하기 전의 이보르와 비슷한 여성인데, 실제로 늙은 왕을 유혹하여 이보르와 비슷한 길을 걸어간다. 메를리는 사랑의 정열에 휘둘려 궁지에 몰리고, 헤이나는 스스로를 정략의 도구로 삼아 음모와 공포를 무기로 휘두른다는 점에서 그들은 각각 이보르와 대조적인 동시에 그녀를 비추는 존재라고 할 수 있다.

로맨스의 주요 갈등이 남녀 주인공 사이에서 일어나는 것은 로맨스가 궁극적으로 사랑의 성취나 좌절을 그리는 장르이기 때문이다. 물론 남자 주인공은 일차적으로 여자 주인공의 아름다움과 선량함에 매혹되지만, 요즘 웹소설 독자들은 그것만으로 사랑에 빠지는 것은 개연성이 부족하다고 느낀다. 개연성을 높이기 위해 남자 주인공이 비록 부와 권력을 쥐고 있지만 성격적인 결함이 있거나 정서적인 문제가 있다고 설정하고, 갈등을 통해 여자 주인공이 그 문제를 해결하거나 보완함으로써 특별한 존재가 되는 것은 효과적인 서사 전략이었다.

그러나 『슈공녀』, 『하녀, 여왕이 되다』, 『호수에 던지는 돌멩이』는 다정하고 조신한 남자 주인공을 등장시킴으로써, 가장 효과적인 전략을 포기한다. 이 작품들은 기존 로맨스의 전형성을 답습하기를 거부하고 과감하게 새로운 선택을 했다. 아쉽지만 이런 선택이 반드시 상업적인 성공을 약속하지는 않는다.

흔히 로맨스에서 이상적인 남자 주인공의 조건을 일컬어 '영 앤 리치, 톨 앤 핸섬'이라고 한다. 매력적인 이성의 조건은 젊고 부유하며 키 크고 잘생긴 남자인 것이다. 하지만 이 조건들 속에 일시적인 연애가 아닌 지속적인 삶의 동반자로서 반드시 필요한 성격이나 인품은 들어 있지 않는다는 사실을, 나는 이렇게 다정하고 조신하기까지 한 남자 주인공들이 등장함으로써 처음 깨달았다.

물론 로맨스라는 장르에서 남자 주인공은 처음에는 어떤 성격이든 마지막에는 여자 주인공만을 열렬히 사랑하게 될 운명이다. 지금도 로맨스에서 가장 인기 있는 남자 주인공의 속성은 '집착 남주', 즉 여자 주인공에게 비정상적이기까지 한 집착을 보이는 남성이다. 그들의 사랑은 때로 여자 주인공의 삶과 생명조차 망가뜨린다. 위험한 폭군이나 악당이 한 여성만을 열렬하게 사랑하게 되는 것은 굳이 설명할 필요도 없이 독자에게 강한 카타르시스와 만족감을 제공한다.

하지만 매력적인 이성을 상상할 때 보다 안정적이고 만족스러운 관계를 맺을 수 있는 인품이나 성격에 대한 기대가 전혀 없다는 것도 이상한 노릇이다. '다정남'과 '조신남'이 바로 그런 잠재적인 수요를 충족시키는 새로운 유형의 남자 주인공이라고 생각할 수 있지 않을까?

특히 여성에게만 중시되던 육체적 '순결'을 이상적인 남성에게도 요구하는 작품이 등장하기 시작했다는 사실은 주목할 만하다. 모든 사람이 자신의 연애 상대에게 육체적 순결을 요구하거나 기대하지는 않을 것이다. 하지만 우리의 머릿속에는 어떤 여성의 성적인 모험, 혹은 과감한 행동이 대중의 눈에 드러나면 듣게 될 법한 모욕과 욕설이 즉각적으로 떠오른다. 반대의 경우는 그렇게 즉각적이지 않을 가능성이 높다. 물론 순결한 남성이 반드시 매력적인 이성은 아닐 것이다. 이 지고지순하고 다정한 남자 주인공들은 현대 한국사회가 여성에게 덧씌운 스테레오 타입의 변주이기 때문에 작위적인 냄새를 완전히 지우기는 어렵다. 로맨스 판타지의 남자 주인공은 여전히 여자 주인공에게 과도하게 집착하는 '집착 남주'이며, 보다 자세하게 들여다보자면 불행한 어린 시절을 보내 인간을 혐오하는 금발의 잘생긴 황제나 왕, 춥고 쓸쓸하지만 어째서인지 부유하고, 사람은 종종 죽이지만 부하와 영지민들에게는 인망이 있는 '북부 대공'이 대세이다.

하지만 페미니즘 리부트 이후 로맨스 판타지의 작가들은 과거에는 여자 주인공을 사모하지만 결코 선택받지 못하는 보조적인 역할에 그쳤던 '서브 남주', '다정남' 등을 남자 주인공으로 삼아 새로운 이야기를 만들어내기 시작했다. 그리고 독자들도 일정한 수가 이에 호응을 보이고 있다.

로맨스는 분명 현실로부터의 도피이자 상상의 산물이지만, 상상 또한 허공에서 뚝 떨어지는 것은 아니다. 로맨스 서사는 훨씬 오래전부터 종이책, 드라마, 영화, 게임 등 다양한 매체에서 소비되어왔다. 하지만 페미니즘 리부트 이후 웹소설만큼 빠른 속도로 현저한 변화를 보인 매체는 없다. 종이라는 규모의 한계와 제작비의 제약에서 벗어난 로맨스가 독자들에게 환상 속에서까지 굳이 현실의 한계를 의식할 필요는 없다는 것을 보여주고 있는 것은 아닐까?

그러면 지금 우리는 누구를 사랑하고 싶은가? '조신남'의 등장은 비록 모든 독자는 아니어도, 일부 독자는 기꺼이 젊고 부유하며 키 크고 잘생기고, 나아가 여성을 존중하고 배려하며 사랑해주는 다정한 남자를 사랑하고 싶다고 응답하고 있음을 보여준다. 여성이 그렇게 욕심을 내도 괜찮은, 그렇게 말했다고 해서 어떤 비난이나 모욕, 조롱을 두려워하지 않을 수 있는 공간이 로맨스 판타지 내부에 태어난 것이다.

자연스럽게 또 하나의 질문이 떠오른다. 왜 하필 로맨스 판타지인 것일까?

우리는 정말 사랑하고 싶은가?

한국 웹소설에서 엄밀하지는 않지만 로맨스와 관련된 세부 장르가 몇 가지 있다. 시대로 구분하면 주로 현대 한국 사회를 배경으로 하는 현대 로맨스와 주로 서양의 중세에서 근대까지의 시대와 유사한 가공의 사회를 배경으로 하는 로맨스 판타지가 있고, 로맨스 판타지 속에서도 지역에 따라 동양 로맨스 판타지와 서양 로맨스 판타지로 나눌 수 있다. 지금까지 살펴본 작품들은 주로 서양 로맨스 판타지에 속한다. 시기적으로는 중세에서 근대까지, 지역으로는 영국과 프랑스, 독일 등 서유럽을 중심으로 러시아와 북미까지 포함하는 이미지를 차용한 세계관을 공유하는 작품군이라고 할 수 있다. '로맨스' 뒤에 '판타지'가 붙은 까닭은 검과 마법, 그리고 요정과 용, 괴물 등 환상 생물이 등장하는 특징 때문이다. 최근에는 게임 시스템, 신, 회귀, 환생 등의 '현실에 존재하지 않는' 소재의 활용으로 '판타지'의 의미가 확장된 듯한 인상을 준다. 그 중에서 가장 인상적인 작품 중 하나로 『치트라』(2017)를 들 수 있을 것이다.

　『치트라』의 주인공은 공무원 시험 준비생이었다. 그녀는 바쁜 일상 속에서 모바일 게임을 즐기다가 교통사고를 당해 사망한다. 그녀는 두 번째 생을 약속하는 미의 남신을 만난다. 그는 비록 그다지 미덥지 않은 토끼 모습이었지만, 현실을 게임처럼 즐길 수 있는 게임 능력과 조력자를 제공할 것을 약속한다. 그 대가로 그녀는 미의 남신의 사도가 되어 다른 세계에서 살아가게 되는 것이다.

　자신의 죽음을 받아들인 그녀는 가족이나 한국에서의 삶을 거의 언급하지 않는다. 새로운 삶과 정체성에 관한 고민 역시 등장하지 않는다. 주인공은 자신이 치트라 세레키노라는 백작의 몸에 들어갔으며, 그녀가 가족을 모두 잃고 홀로 남은 영주라는 사실을 알게 된다. 하지만 가족들이 비명횡사해서 홀로 남아 실어증에 걸린 그녀는 영지조차 친척들에게 빼앗기고 낡은 성과 마을 두 개가 남았을 뿐이다. 치트라가 살해당하지 않은 것은 그녀가 미의 남신을 모시는 제사장의 핏줄이기 때문에 적들이 신벌을 두려워해서였다. 결국 그녀는 병에 걸려 사망했고, 그 몸에 주인공의 영혼이 들어오게 된 것이다.

주인공은 이처럼 절망적인 상황에서 조력자의 도움을 받아 미의 남신이 주는 퀘스트를 클리어해야 한다는 것을 깨닫는다. 그녀는 튜토리얼을 끝낸 보상으로 영웅 뽑기권을 받고, 자신의 새로운 세상이 '가챠(확률성 뽑기)' 게임의 시스템으로 움직인다는 사실을 깨닫는다.

이 첫 번째 뽑기에서 치트라는 '전설의 용사 집사' 라델크를 뽑는다. 그는 과거 마왕을 물리치고 말년에 집사로 취직한 고대 영웅으로, 은발에 안경을 쓴 서늘한 인상의 미청년이다. 이 소설의 초반은 동일한 방식으로 진행된다. 미의 남신의 교세를 확장하기 위한 퀘스트를 받은 다음 고대 영웅의 도움으로 퀘스트를 클리어하면 뽑기권이 나오고 새로운 인물이 등장한다. 이야기는 라델크 다음에 등장한 섹시한 적발의 마법사 타이렉스와 뛰어난 재상이자 엘프인 토르니안이 중심이 되어 진행된다.

어느 정도 기반을 닦은 뒤 치트라는 게임 시스템에 따라 자신이 다스리는 사회의 체제를 선택한다. 자신이 따르는 신이 미의 남신이기 때문에 그녀는 일부일처, 일부다처, 일처다부 중에 일처다부제를 선택한다. 이에 따라 라델크, 타이렉스, 토르니안, 그리고 고대 영웅은 아니지만 세계수와 연결된 쌍둥이 엘프인 그린, 그레이, 카이라스 등이 그녀의 연애 상대가 된다.

이러한 설정과 초반의 스토리 진행은 기존의 남성 독자를 위한 '하렘물'과 비슷하게 보인다. 성별이 다를 뿐 아름답고 헌신적인 조강지처, 섹시한 마법사, 똑똑한 소녀, 비참한 상황에서 구원받아 주인공에게만 집착하는 미소녀 등은 비교적 흔한 인물 구성이다.

그러나 『치트라』에서 주인공의 가장 큰 목적은 미의 남신의 교세를 확장하는 것이다. 다신교 세계관이기 때문에 신도의 수가 클수록 신의 위치도 높아지는데, 미의 남신은 말 그대로 남성의 미를 주관하는 신이기 때문에 신도가 별로 없는 하급신이다. 그래서 치트라는 자신의 영지 내에서 '웅남熊男고시'를 실시하여 착한 남성을 선발해 미의 남신의 힘으로 선발된 남성들의 외모를 아름답게 바꾼다. 남성의 외모와 내적인 미를 일치시키는 것이다.

또한 공을 세운 여성들에게 고대 영웅들과 데이트할 수 있는 권리를 부여함으로써 여성들이 보다 적극적으로 활약할 수 있는 동기를 제공한다. 그 결과 치트라의 영지가 확장될수록 아름다운 남성이 늘어간다. 이 남성들은 외모를 가꾸기 위해 화장품을 구입한다. 남성들 사이에서는 아름다움에 치중한 패션이 유행한다. 반면 여성들은 외모에 신경을 덜 쓰며 사회적인 활약을 중시하는 쪽으로 변화하기 시작한다. 자연히 미의 남신은 상급신으로 올라가는 한편 기존의 미의 여신은 문명의 신으로 변화한다. 치트라의 행동에 따라 사회 체제 자체가 바뀐 것이다.

주인공은 가난한 가정의 공무원 시험 준비생으로 등장하지만, 이는 개성이 아니라 설정에 가깝다. 그녀가 한국에서의 기억을 떠올릴 때는 서양의 중세 수준으로 설정된 문명에 한국의 지식이나 제도를 활용할 때뿐이며, 정체성의 혼란이나 감정적인 반응은 거의 드러내지 않는다. 그녀의 행동과 사고방식은 지극히 합리적인데, 합리성이 지나쳐 때때로 비인간적으로 보이기도 한다. 그녀는 주변의 매력적이고 아름다운 조력자들에게 성적인 매력을 느끼지만 그것은 매력적인 게임 캐릭터에게 느끼는 '팬심(팬으로서 좋아하는 마음)'에 가깝게 묘사된다. 게임의 플레이어와 게임 캐릭터는 동등한 관계를 맺을 수 없다. 이것은 '낭만적인 연애'가 아니다.

처음 『치트라』를 읽었을 때, 나는 과연 이 작품이 로맨스 판타지에 속한다고 보아야 할지 고민할 수밖에 없었다. 빈부귀천과 사회적인 규범의 속박을 뛰어넘어 오로지 서로에게 몰입하는 사랑을 낭만적 사랑이라고 한다면,

『치트라』가 그리고 있는 것은 낭만적 사랑이 아니다. 오히려 여성을 획득과 소유의 대상으로 보는 남성 취향 웹소설의 문법과 정서에 가깝다. 사실 치트라는 여자 주인공이라기보다 단독적인 주인공에 가깝다. 그녀는 작품 내 모든 사건과 행동을 주도한다. 아름답고 매력적인 남성들을 획득하고, 영지를 확장해간다. 그 과정에서 그녀는 자신의 결정에 따라 기존의 사회 체제와 남녀 젠더 규범이 크게 변화하는 것에 아무런 놀라움이나 감정적 변화를 느끼지 않는다. 권력자의 행동에 따라 사회의 기본 규칙이 바뀌면, 사람들이 이에 적응하기 위해 변화하는 것은 당연하다고 보기 때문이다.

한편으로 그녀는 자신의 행동으로 변화된 상황 속에서 한국사회를 바라본다. 치트라의 후궁이 된 남성들이 마법으로 아이를 낳아주는데, 그들의 입덧을 도와주고, 치료사를 자주 부르고, 시간을 할애해주는 것만으로도 치트라는 좋은 가장이라 칭찬받는다. 그녀는 이러한 경험을 통하여 "임신을 하지 않아도 된다는 것만으로도 권력"임을 깨닫는다. 치트라는 한국사회에서는 남성만이 갖고 있는 권력을 빼앗아 여성에게 부여한 것이다.

『치트라』는 말하자면 작품 자체가 일종의 시뮬레이션 게임이라고 할 수 있다. 만약 신의 힘으로 선한 남자들이 아름다워진다면 어떨까? 남자들이 외모에 집착하게 되면 어떨까? 마법과 게임 시스템의 힘으로 남녀 사이의 육체적 차이가 사라진다면 어떨까? 마법으로 남성이 출산할 수 있게 된다면 어떨까? 남녀의 사회적 위치가 역전된다면, 과연 어떤 세상이 펼쳐질까?

이 대담한 상상력이 『치트라』를 매우 독특한 작품으로 만들었다. 낭만적인 연애를 보고 싶은 독자가 『치트라』를 읽는다면 거부감과 함께 어쩌면 모욕감을 느낄지도 모른다. 『치트라』가 보여주는 것은 오히려 반反-연애에 가깝기 때문이다. 『치트라』는 '판타지'이기에 가능한 과감한 상상력으로 연애라는 위장을 걷어내고 남녀 간에 존재하는 권력의 문제를 보여준다. 이것이 특히 남성 독자 대상 웹소설에서 두드러지게 나타나는 낭만적인 연애에 대한 독자의 광범위한 반감과, 그 결과로서 낭만적인 연애가 사라진 현상과 매우 유사하다는 점은 의미심장하다.

하지만 나는 점점 더 많은 로맨스 판타지 작품에서도 낭만적인 연애가 사라지고 있다고 느낀다. 『버림받은 황비』와 『재혼황후』에서 완벽한 남자 주인공은 여자 주인공을 위한 일종의 트로피였다. 『황제의 외동딸』이나 『왕의 딸로 태어났다고 합니다』에서 이야기의 초점은 여자 주인공의 연애보다 가부장의 비위를 맞춰 생존하는 데 있었다. 『나는 이 집 아이』의 주인공 역시 연애보다 자존감을 되찾는 것이, 『악녀는 모래시계를 되돌린다』의 주인공은 통쾌한

복수가 중요했다. 『슈공녀』, 『하녀, 여왕이 되다』, 『호수에 던지는 돌멩이』의 댓글난에서는 남자 주인공을 '유니콘남'이라 부르며 왜 우리의 현실에는 이런 이상적인 남성이 존재하지 않는지 한탄하는 댓글이 가장 많은 공감을 받는다.

여기서 우리는 필연적으로 한 가지 질문에 부딪칠 수밖에 없다. 21세기 한국사회의 로맨스 판타지 독자들은 정말 '사랑'하고 싶은 것일까?

Chapter 3 〉

우리는 〉   누구인가? 〉

우리는 누가 되고 싶은가?

페미니즘 리부트 이후, 변화한 것은 작가만이 아니었다. 독자들도 변했다. 웹툰으로도 연재되었던 『버림받은 황비』의 댓글난에서 독자들이 가장 열렬한 반응을 보였던 화제는 황태자 루블리스를 남자 주인공으로 인정할 수 없다는 것이었다. 이것은 사실 '회귀물'이라 불리는 서사 자체의 모순에서 기인한다고 할 수 있다. 아리스티아가 회귀하기 이전의 루블리스, 그러니까 다른 여성을 사랑한다는 이유로 아리스티아를 학대하다가 종국에는 사형 선고까지

내린 루블리스와, 그녀가 회귀한 후에 만난 루블리스는 같은 사람인가? 행위를 놓고 말한다면, 회귀 전의 루블리스와 회귀 후의 그는 동일하지 않다. 하지만 그들이 같은 사람이라면, 동일한 조건에서 동일한 행동을 할 가능성이 높다고 볼 수 있을 것이다. 만약 아리스티아가 적극적으로 변화하지 않는다면 루블리스는 늘 회귀 전과 같은 행동을 할 가능성이 있다.

회귀 후의 루블리스를 옹호하는 독자들은 전자를, 비판하는 독자들은 후자의 논리를 내세웠다. 아리스티아라는 피해자가 존재하기 때문에 설령 회귀했다 하더라도 여전히 루블리스가 저지른 죄는 존재한다고 지적하는 독자들도 있었다. 루블리스에게 비판적인 독자들은 한 걸음 더 나아가 다른 '서브 남주'들 중 한 명으로 남자 주인공을 교체하자고, 혹은 아리스티아가 아버지의 작위를 계승하고 독립적인 삶을 살아야 한다고 주장했다. 이러한 주장들은 다른 독자들의 많은 공감을 받아 베스트 댓글이 되어 우선적으로 다른 독자들에게 노출되었다. 물론 반대의 경우도 있다. 웹툰의 특성상 루블리스가 멋지게 그려진 화에는 그를 옹호하는 댓글이 베스트 댓글이 되고, 그 대댓글에는 다시 루블리스의 과거 죄목을 논하는 설전이 벌어졌다.

내가 특히 이러한 양상을 흥미롭게 보는 것은, 독자들의 요구가 못마땅한 남자 주인공을 자신이 지지하는 '서브 남주'로 교체하는 것에 머무르지 않고 장르 자체의 문법을 파괴하는 요구조차도 서슴지 않는다는 점에 있었다. 아리스티아가 다음 대 모니크 후작이 되어 평화롭게 사는 것은 분명 해피엔딩이겠지만 로맨스 판타지로서는 매우 이상한 모양이 될 것이 틀림없다. 독자들은 왜 이런 요구를 하는 것일까?

로맨스라는 장르는 매력적인 이성과의 낭만적 사랑을 그린다. 기능적으로 볼 때 로맨스에서 남자 주인공은 개성을 지닌 인격체이기보다 매력적인 이성의 조건을 갖춘 이미지로 소비된다. 그렇기 때문에 신데렐라와 백설공주, 혹은 인어공주의 왕자에게 왕자 이외의 이름이 존재하지 않는 것이다. 여자 주인공은 다를까? 여자 주인공 역시 여성 독자가 이입할 수 있는 아바타에 가깝다.

이를 가장 솔직하게 드러내는 것은 소위 '차원이동물'의 주인공일 것이다. 이들은 대부분 현대 한국의 고등학생이나 대학생, 혹은 직장인인데, 이는 웹소설을 적극적으로 즐기는 연령대와 겹친다. 이들은 다른 차원, 다른 세계, 다른 문화권의 주인공에게 독자들이 보다 쉽게 이입할 수 있게 만들어진 맞춤형 주인공이라고 할 수 있다.

조금 뒤에 유행한 '빙의물'의 주인공은 '차원이동물'보다 한 걸음 더 나아간 편의주의적 설정이라고 할 수 있다. '차원이동물'의 주인공은 한국인이기 때문에 흔히 서양의 과거 이미지를 가진 이세계에서 적응하는 데 고생하거나 이방인으로 배척받을 수 있다는 긴장이 존재할 수밖에 없었다. 이와 대조적으로 빙의물은 문화적, 시대적 차이로 인한 갈등의 요소를 줄일 수 있다.

'빙의憑依'는 신체에 다른 혼이 들어오는 종교 혹은 무속 용어인데, 웹소설에서는 주로 게임의 아바타와 비슷하게 통용되는 경향이 있다. 즉 '빙의물'의 핵심은 외모와 신분, 지위와 재능, 가족 등 어느 모로 보나 혜택받은 환경에 있음에도 불구하고 악인인 인물 또는 불우한 환경에 처해 있거나 궁지에 몰린 인물의 몸에 들어가 그 사람이 되는 것이다. 대개의 경우 개과천선을 하거나 재능을 발휘하여 행복을 쟁취한다. 이세계 사람들의 입장에서 보면 다른 세계의 영이 몸에 들어가 그 사람 행세를 할 뿐만 아니라 영원히 몸을 차지한다는 점에서 일종의 심령물, 혹은 공포물이 되는 셈이다.

물론 '빙의물'에도 그 세계에서 배척받을 수 있는 가능성은 존재한다. 『인형의 집』(2017)이 바로 그런 관점의 독특한 작품이다. 낙마 사고를 계기로 자신의 몸에서 쫓겨난 여자 주인공 이시르휘나는 자신의 몸을 차지한 한소연의 영혼을 내쫓으려다가 자신의 과거와 주변 사람들과의 관계를 돌아보고 성장하게 된다. 이때 한소연이 이시르휘나의 모습으로 드러내는 신분제를 향한 비판적인 의식과 행동은 처음에는 환영받지만, 뒤에 가서는 그 사회의 질서와 규범을 무시하고 어지럽히는 것으로서 비판받는다. 이세계에 진입한다는 것은 결국 이질적인 세계에 다른 문화, 다른 가치 체계를 가진 이방인으로서 존재한다는 뜻인 것이다. 그러나 대부분의 '빙의물'에서 다른 세계의 인물의 자리를 차지하는 데 대한 죄악감이나 정체성의 혼란은 초반에 아주 짧게 나타나거나 원래 인물의 소망을 대신 이뤄 준다거나 하는 식으로 애매하게 처리된다. 또한 현대인으로서의 지식이나 사고방식은 주인공의 이질적으로 특출난 재능이나 유능함을 부각시키는 도구로서 다른 이들의 부러움과 감탄, 질시를 사는 정도로 소비되는 데 그친다.

일반적으로 한국 독자가 이방인으로 배척받을 걱정 없이, 혹은 현실의 인종 차별이나 박해 등을 의식할 필요 없이 보다 아름답고, 귀한 신분의 인물로서 이세계의 모험을 즐길 수 있다는 점이 '빙의물'이 인기를 얻은 비결일 것이다. 그 변형으로 자신이 읽던, 혹은 읽은 책 또는 게임에 빙의하는 '책(게임) 빙의물'이 있다.

물론 이런 이야기들이 완전히 새로운 것은 아니다. 현실의 인간이 이세계로 진입하는 '차원이동물'은 동서고금 흔한 설정이고, 유명한 작품으로 C.S. 루이스의『나니아 연대기』시리즈를 꼽을 수 있다. 미하엘 엔데의『끝없는 이야기』도 따지고 보면 '책 빙의물'이다. 하지만 두 작품에서 이야기의 초점은 어린 소년 소녀가 환상의 세계에서 시련과 고난을 겪으며 성장하고 현실로 돌아오는 것에 있다. 이에 비하여 한국 웹소설에서 차원이동이나 빙의는 환상의 세계에 큰 갈등 없이 진입하는 것이 주요 목적이며, 성장이나 경험이 아니라 손쉽고 이해하기 쉬운 성공을 설명하기 위한 서사적인 도구에 가깝다. 이러한 설정의 유행이 매우 뚜렷하게 편의주의적인 목적, 즉 독자가 쉽게 주인공에게 이입할 수 있도록 하기 위해 사용되고 있다.

로맨스 판타지는 특성상 '차원이동물'보다 '빙의물'이 다양한 이점을 갖는다. 『버림받은 황비』의 지은이가 겪었듯, 이세계로의 적응이 즐겁기만 할 수는 없기 때문이다. 같은 나라에서조차 다른 지방에 거주하는 것은 곧 다른 문화로 진입하는 일이다. 더구나 현대 한국 여성이 낭만적인 연애 끝에 결혼으로 서양의 중세, 근세, 혹은 근대의 이미지를 입은 가부장제 사회 내부로 진입한다면 더더욱 즐겁기만 한 이야기를 기대하기는 어려울 것이다. 그래서 '차원이동물'에서는 흔히 여자 주인공에게 성녀나 신녀, 혹은 예언된 영웅 등 세속을 벗어난 신분을 주었다. 하지만 이러한 신분도 결혼 앞에서는 보호막이 되지 못한다. 연애와 달리 결혼은 가부장제 내부로의 편입을 의미하기 때문이다. 그리고 이방인으로서 이세계의 가부장제 사회 속에서 겪는 현실적인 고난은 대부분의 독자에게 결코 흥미로운 소재가 아닐 것이다.

이에 비하여 '빙의물'은 애초에 그 세계에 속한 인물로서 시작하는 것인 만큼, 그러한 위험에서는 안전하다. 그리고 대부분의 '빙의물'에서 주인공에게 신체를 제공하는 사람은 외모, 신분, 지위, 재능, 가족 등 다양한 면에서 훌륭한 조건을 갖추고 있다. 다만 성격이 나쁘거나 욕심이 많아서, 병에 걸리거나 수명이 다해서, 혹은 나쁜 인간관계 때문에 자신이 가진 장점을 살리지 못하는 인물이다. 그 신체 속에 들어간 현대 한국인의 영혼은 가진 것을 활용하고 현대인으로서의 지식을 살리는 등 다양한 방법으로 상황을 바꾸어나간다.

특히 로맨스에서 요령이 없어 악역이 된 악녀나 버림받는 정혼자, 주목받지 못하는 엑스트라라는 입장은 쉽게 상황을 반전시킬 수 있는 것으로 여겨진다. 예를 들어 『악녀의 정의』(2016)의 주인공 유화영은 친구에게 남자친구를 빼앗기고 실수로 한강에 빠져 사망한다. 그녀는 공작가의 딸 샤르티아나의 몸에서 눈을 뜬다. 그녀는 샤르티아나가 젊고 아름다운 명가의 딸이지만 연인이 있는 레오프리드 황태자를 탐내고 있었다는 사실을 알게 된다. 가문을 지키기 위해 황후가 되기로 결심한 샤르티아나는 황후 후보인 '레지나'로서 입궁한 황궁에서 자신이 갖고 있는 무기를 효과적으로 이용하여 황태자의 연인인 다른 '레지나'

를 물리치고 황후가 되기로 한다.

이 작품에서 샤르티아나는 이미 많은 것을 갖고 있는 여성이다. 부유한 공작가의 젊고 아름다운 외동딸이며, 그녀를 지극히 사랑하는 부모님이 있다. 그럼에도 불구하고 그녀는 다른 여인을 사랑하는 레오프리드 황태자를 물불을 안 가리고 욕망하여 망신을 자초한다. 반면 유화영이 빙의한 샤르티아나는 자신이 가진 것이 아주 많음을 인식한다. 현대 한국인으로서 살아온 유화영은 샤르티아나가 당연시하던 아름다움이나 부유한 공작가의 외동딸이라는 위치, 딸을 애지중지하는 부모님 모두 얻기 힘든 귀한 것임을 안다. 그녀가 보기에 노골적으로 자신과 자신의 가문을 경원시하는 레오프리드 황태자는 그렇게 매력적인 이성이 아니다.

그녀의 목적은 오히려 자신만이 아니라 가문을 경원시하는 황태자에게 자신을 인정하게 만들고 황후가 됨으로써 가문의 권력을 보존하는 데 있다. 이때 황태자가 누구를 사랑하고 있는지는 중요하지 않다. 샤르티아나는 자진해서 진짜 '악녀'가 되기로 결심한다.

그녀는 솔직하다. 그녀는 자신이 원하는 것이 무엇인지 분명히 알고 있다. 그녀는 자신을 사랑하는 가족과 자신이 누리는 풍요롭고 안락한 삶이 신분제 사회의 상층에 위치하는 가문의 권력을 통해 유지되고 있음을 분명히 인식하고, 그 삶이 지속되기를 원한다. 샤르티아나에게 황후라는 자리는 레오프리드의 아내이기 이전에 권력을 의미하는 것이다.

로맨스 판타지가 독자들에게 보여주는 욕망의 핵심은 바로 이것이다. 물론『악녀의 정의』에서 샤르티아나의 변화는 레오프리드에게도 영향을 미친다. 오만한 샤르티아나를 내심 경멸했던 레오프리드는 그녀가 나라를 위한 여러 신선한 정책을 제안하고 사람들에게 다른 모습을 보여주는 것을 보면서 그녀를 향한 감정을 키워나가고, 태도가 바뀐다. 레오프리드의 태도가 변화하자 이는 다시 사랑에 관심이 없던 샤르티아나에게 영향을 끼친다. 샤르티아나는 순조롭게 권력과 사랑 양쪽을 손에 넣을 것이다.

그러나 이 이야기의 초점은 낭만적인 연애에 있는 것이 아니다. 현대 한국에서는 피곤하고 지친 삶을 살던 주인공이 다른 세계에서 많은 것을 부여받음으로써 자신이 가지고 있는지도 몰랐던 욕망을 자각하고, 그 욕망을 실현하기 위해 행동하며, 종국에는 그 욕망이 성취되는 데 있다.

이는 앞서 언급한『악녀는 모래시계를 되돌린다』에서도 마찬가지이다. 아리아는 일찌감치 자신의 욕망을 자각하고 이를 무작정 추구했지만, 가부장제 사회에서 그녀의 욕망은 일탈과 타락으로 간주되어 징벌의 대상이 된다. 미엘르의 위선을 깨닫는 순간, 아리아는 자신이 욕망을 추구했기 때문이 아니라 가부장제의 규범을 공공연하게 이탈했기 때문에 처벌받는다는 사실을 이해한다. 따라서 그녀는 회귀한 뒤에 철저하게 미엘르의 방식을 따라 겉으로는 성녀를 연기하면서 자기 자신의 욕망을 추구한다. 그녀가 원하는 것 역시 샤르티아나와 크게 다르지 않다. 집안에서의 주도권, 어머니의 안전, 풍족하고 편안한 삶, 경제적인 부유함, 사람들의 존경. 결말에서는 그녀 역시 황태자 아스테로페와 맺어지면서 권력과 사랑을 동시에 얻는다.

두 작품 모두 여자 주인공이 멋진 남자 주인공과 맺어지지만, 서사의 초점은 그들과의 사랑이 아니다. 샤르티아나와 아리아에게 낭만적인 연애는 안전, 사회적 위치, 명예, 부유함, 권력, 가족의 연장선상에 있다. 중요한 것은 샤르티아나와 아리아가 낭만적인 연애까지 포함하여 원하는 바를 모두 얻는다는 사실에 있는 것이다. 이것은 무슨 의미일까?

이 의미는 한국사회에서 여성의 욕망이 항상 불순한 것으로 여겨졌다는 맥락에서 찾아야 할 것이다. 한국사회는 개인의 욕망에 매우 이중적인 태도를 취하는데, 특히 미성년자와 여성에게 그렇다. 미성년자에게는 때 묻지 않고 선량하지만 사회의 현실에는 무지할 것을 요구한다. 젊은 여성은 영리하게 자신의 삶을 잘 꾸려나가야 하지만 여전히 선량하고 '여성스러우며' 친절하기를 바란다. 부유함을 바라는 여성의 욕망은 사치스럽고 향락적인 허영심으로, 영리함은 오만함으로, 선량함은 어리석음으로, '여성스러움'은 내숭으로, 친절은 유혹이라는 이름으로 공격받는다. 개화기의 신여성, 경제 성장기의 여대생, 2000년대 이후의 된장녀, 김치녀와 같은 사회적 낙인은 한국사회에서 여성은 공공연하게 자신의 욕망을 드러내는 것만으로도 공격받을 수 있다는 진리의 유구한 역사를 보여준다.

안전, 사회적 위치, 명예, 부유함, 권력, 가족의 사랑, 매력적인 이성과의 연애. 로맨스 판타지가 드러내는 여성의 욕망은 일견 어리게 보인다. 하지만 지금까지 한국사회에서 젊은, 혹은 어린 여성들에게 이처럼 당연한 욕망을 안전하게 꿈꿀 수 있는 공간이 과연 있었는가?

환상은 허공에 짓는 누각이 아니다. 지금 한국의 로맨스 판타지가 보여주고 있는 것은 한국 여성들이 꿈꾸는 다양한 욕망이다. 부유하고 풍족한 삶을 살고 싶다, 가족에게 사랑받고 싶다, 유능한 여성으로서 인정받고 싶다, 잘생기고 매력적인 남성과 멋진 연애를 하고 싶다, 착한 여자 주인공이 아니라 매력적인 악녀가 되어 자유롭게 살고 싶다. 성실한 학생과 사회인, 착한 딸이나 헌신적인 어머니가 그런 꿈에 매료되는 것은 이상한 일이 아니다. 이 사회는 여성들에게 그런 것을 원해도 된다고, 오히려 가져야 한다고, 아무도 말해주지 않으므로.

그리고 댓글을 읽으면, 독자들은 자신이 무엇을 찾아 웹소설을 읽고 있는지 분명히 인식하고 있는 것으로 보인다. 물론 독자의 요구는 다양하다. 이야기 자체를 사랑하는 독자도 있고, 자신이 응원하는 인물이 남자 주인공이 되기를 열망하는 독자도 있으며, 악역을 징벌하거나 주인공이 행복해지기만을 바라는 독자도 있다.

내가 여성 독자를 대상으로 한 웹소설이 그 자체로 페미니즘적인 경향을 가진다고 보는 것은 이 때문이다. 여성의 욕망을 있는 그대로 긍정하는 것, 나아가 아무런 조건 없이 이를 응원하는 것. 로맨스 판타지의 생명력은 바로 그 여성의 생생한 욕망과 함께 호흡한다는 사실에 있는 것이다.

우리의 욕망이 지금 가리키는 것

이처럼 로맨스 판타지는 현실을 질료로 환상의 궁전을 쌓아올린다. 환상은 애초에 "욕망에 관한 문학"으로서 부재와 상실로 경험되는 것들을 추구하는 것*이기에, 환상은 때로 현실에까지 영향을 끼친다. 그러한 예로 '스컬리 효과'를 들 수 있다. 스컬리는 1990년대 한국은 물론 전 세계에서 선풍적인 인기를 끈 미국 드라마 〈X파일〉에 등장하는 의사 출신 FBI 요원의 이름이다. 이성과 논리로 무장한 그녀는 FBI가 초자연적인 사건으로 분류한 'X파일'을 맡은 멀더의 파트너가 된다. 멀더가 직관적으로 내놓는 온갖 황당무계한 주장들을, 그녀는 물리학 및 법의학 지식을 바탕으로 비판적으로 바라본다. 물론 제목에 걸맞게, 이 드라마의 에피소드는 대부분 멀더의 주장이 맞았다는 결론 혹은 암시로 끝났다.

2018년, 지나 데이비스 미디어 속의 젠더 연구소Geena Davis Institute on Gender in Media는 미국의 STEM(과학·기술·공학·수학) 전공 여성들을 조사하고 그들 중 〈X파일〉을 시청한 여성이 그렇지 않은 여성과 비교할 때 유의미하게 많았다는 연구 결과를 발표했다.** 이는 일차적으로 미디어의 영향력을 증명한다. 하지만 〈X파일〉에서 이야기의 초점은 어디까지나 멀더와 그의 엉뚱한 주장들에 있었다. 시즌 초반의 스컬리는 냉정하고 고지식한 과학자로 그려졌고, 후반에는 그녀가 멀더의 영향을 받아 융통성과 이해심을 배우며 부드럽게, 즉 보다 '여성적으로' 변화하는 모

* 문학적 환상물 역시 사회적 맥락 안에서 생산되고 사회적 맥락에 의해 결정된다. 비록 환상의 특징이 바로 이 사회적 맥락의 한계들에 대한 투쟁이더라도, 사회적 맥락에서 분리된 채 이해할 수는 없는 것이다. 로즈메리 잭슨, 서강여성문학연구회 역, 『환상성』, 문학동네, 2001, 11-12쪽.

** https://allthatsinteresting.com/scully-effect 참고.

습이 주로 묘사되었다. 급기야 둘 사이에 누가 봐도 실패라고 평가할 만한 러브 라인을 집어넣기도 했다. 〈X파일〉에 시청자에게 이공계 여성에 관한 긍정적인 이미지를 전달하려는 의도가 있었다고 보기는 어렵다. 그럼에도 불구하고 〈X파일〉을 시청한 젊은 여성들은, 스컬리의 모습을 통해 전문직으로서 활약하는 자신의 당당한 모습을 상상할 수 있었던 것이다. 그리고 그 상상력이 그들의 삶을 바꾸었다.

〈X파일〉의 성공 이후 미국 드라마의 법의학이나 이공계 분야에서 여성 전문가가 활약하는 모습은 더 이상 드물지 않다. 〈X파일〉과 마찬가지로 폭스사의 인기 드라마 〈본즈〉에서는 법인류학자 브레넌 박사가 그녀에 비하면 감정적인 FBI요원 부스와 함께 오랜 시간이 지나 미궁에 빠진 사건들을 과학 수사로 해결해나간다. 주인공의 고지식한 파트너였던 스컬리에 비하면 괴팍하지만 천재적인 재능을 보이며 눈부시게 활약하는 브레넌 박사가 여성 시청자들에게는 더 매력적인 전문직 여성일 것이다. 〈CSI 과학수사대〉 시리즈에서도 역시 뛰어난 여성 과학자와 여성 형사가 활약한다.

그렇다면, 2010년대부터 급속도로 성장한 로맨스 판타지는 현대 한국 여성 독자들에게 어떤 영향을 끼치고 있는가? 이 질문에 명확히 대답하기 위해서는 시간이 조금

더 필요할 것이다.

하지만 나는 현재 한국사회에서 로맨스 판타지가 젊은 여성을 중심으로 여성의 욕망을 긍정함으로써, 자신이 원하는 삶과 대우를 상상할 수 있는 능력을 길러주고 있다고 생각한다. 예를 들어 로맨스 판타지를 향한 주요 비판 중 하나로 계급성이 있다. 대부분의 로맨스 판타지가 귀족 이상의 화려한 삶을 그리는데, 이는 허위적이고 자아도취적인 몽상에 불과하다는 것이다. 실제로 인기를 끈 대부분의 로맨스 판타지는 주인공이 귀족 가문의 여성이다. 하녀나 시녀로 시작해도 남자 주인공이 높은 신분이기 때문에 결과적으로 신분 상승으로 이어진다. 물론 예외는 있다. 자신이 읽던 소설에 빙의하는 '책 빙의물'인 『시녀로 살아남기』(2017)의 주인공 아스는 제목 그대로 이야기의 끝까지 시녀로서 살아남는다.

그러나 일반적으로 로맨스 판타지의 주인공은 귀족 가문의 여성, 로맨스 판타지에서 흔히 '영애'라고 불리는 여성들이다. 이들의 삶은 보통 아름답게 치장하고 티파티를 즐기며 무도회에서 매력적인 귀족 남성과 춤을 추고 구애를 받는 식으로 그려진다. 물론 이러한 귀족 가문의 여성에게는 여러 제약이 따른다. 아름다운 것은 물론이고 항상 몸가짐이 우아해야 하며, 사교계에서 싸울 때조차도 고상한 말투로 능수능란하게 상대를 이겨 독자에게 '사이다'

를 제공해야 한다.

하지만 신분제를 인정하지 않는 민주주의 국가의 구성원인 독자는 신분제에 기본적인 반감을 갖고 있다. 실제로 현대 한국인 여성이 주인공이 되는 '빙의물'이나 '환생물'은 주인공이 신분제 사회를 향한 비판 의식이나 거부감을 드러내는 경우가 많다. 겉으로는 우아하고 예의를 따지지만 속으로는 탐욕스럽고 추악한 귀족들의 위선과 겉치레를 비판하는 것이다. 이는 로맨스 판타지가 차용하는 이세계의 이미지가 대개 중세에서 근대까지의 과거 서양 이미지이기 때문에 현대인으로서 갖는 우월감을 자극한다. 우리가 경험한 근대화 자체가 서유럽이 구축한 근대라는 시스템을 이식하는 폭력적인 경험이었음을 상기하면 아이러니한 일이다. 그러나 결국 주인공은 연애를 통해 귀족 혹은 왕족 남성과 결혼함으로써 그 세계에 편입된다.

『진짜 딸이 돌아왔다』(2020)에서도 그런 모순을 찾아볼 수 있다. 유트리트 공작가의 후계자인 헬가는 자신이 사실은 하녀가 낳은 사생아이며, 공작 부인의 친딸과 바꿔치기 당했다는 사실을 알게 된다. 헬가는 진실을 알고 냉정해진 공작 부인의 사랑을 되찾기 위해 피나는 노력을 하고 학대에 가까운 엄격한 교육을 받으면서 공작가의 완벽한 딸로서 성장한다. 하지만 열여섯이 되자 공작 부인의 친딸 힐리안느가 나타나고, 공작 부인은 헬가가 힘겹게 쌓은 명성과 지위를 친딸이 누릴 수 있도록 쌍둥이처럼 닮은 두 사람을 다시 바꿔치기 하려고 한다. 헬가는 공작 부인의 욕심을 이용하여 공작가에서 도망쳐 평민으로서 자유로운 삶을 살고자 한다.

가장 큰 책임이 있으면서도 이 상황을 그저 방치할 뿐인 공작과, 어리석은 공작 부인을 헬가는 비웃는다. 하지만 그녀가 이룩한 모든 가치는 귀족 계급에 속한다. 헬가라는 인물의 정체성이 귀족 여성 그 자체이다. 서사 구조로 볼 때, 그녀는 결국 귀족 사회로 돌아올 수밖에 없다.

이는 귀족이 오직 혈통에 의해 부여되는 신분이라는 점을 생각할 때 퍽 재미있는 지점이다. 우리는 노력으로 많은 것을 성취할 수 있지만, 혈통은 바꿀 수 없다. 하지만 한국의 로맨스 판타지를 읽고 있노라면 신분은 종종 교육과 환경, 개인의 노력으로 획득할 수 있을 뿐 아니라 오직 노력에 의해 '완벽한' 귀족 여성이 '될 수 있다'는 인상을 받는다. 그렇게 생각하면, 왜 로맨스 판타지에서 종종 작위의 높고 낮음을 내세워 상대방에게 권위를 주장하려는 장면이 등장하는지도 이해할 수 있다. 작위를 개인적 노력의 성취로 간주하는 것이다.

귀족이라는 계급이나 작위가 노력의 성취라면, 신분제의 부당함은 자연스럽게 은폐된다. 이것은 분명 신분제에 대한 편의적인 왜곡이나 모순으로 보이기 쉽다. 그러나 나는 이를 장르 특유의 유연함에서 비롯된 특성으로 해석하고 싶다. 로맨스 판타지는 가부장제 사회에서 낭만적인 연애를 통해 여자 주인공의 신분이 상승하는 서사가 주를 이룬다. 이 장르에서 가부장제는 물론 여성을 억압하지만, 동시에 여자 주인공에게는 낭만적인 연애와 결혼을 통해 극적인 신분 상승의 가능성을 제공한다. 로맨스 판타지를 읽을 때 독자는 개별 작품을 읽음과 동시에 로맨스 판타지라는 장르의 맥락 속에 존재한다. 따라서 로맨스 판타지 독자에게 신분이란 조건부 이동이 가능한 제약으로 여겨지는 것이다.

그러나 유연성은 곧 불안정성이기도 하다. 올라갈 수 있다는 것은 내려갈 수도 있다는 뜻이기 때문이다. 로맨스 판타지 소설에서 가족의 사랑이나 집안의 뒷받침을 받지 못하는 귀족 여성은 종종 잔인한 남편에게 학대당하거나 극단적일 경우 살해의 위험까지 있는 정략결혼의 위협을 받는다. 가부장제 사회에서 기혼 여성의 신분은 남편의 신분에 의해 결정된다. 따라서 미혼 귀족 여성의 신분은 귀족이지만 미혼 여성이기에 유동적이다. 이를 보완하기 위해, 로맨스 판타지의 여자 주인공은 종종 자신이 가진 귀족 신분을 도구로 활용한다.

『악역의 엔딩은 죽음뿐』(2019)의 주인공은 재벌의 사생아로 가족들에게 학대를 받으며 성장했다. 대학에 입학

하면서 겨우 독립했지만, 생활비를 벌다가 과로로 쓰러진다. 그녀는 마지막 순간 밤을 새며 플레이했던 게임의 악역으로 빙의한다. 주인공이 빙의한 페넬로페는 에카르트 공작가의 하나뿐인 공녀이지만, 입양아라는 위치와 거친 행동거지 때문에 모든 사람에게 미움을 받는 악역이었다. 실제로 페넬로페의 몸으로 눈을 뜬 주인공은 전담 하녀인 에밀리가 매일 바늘로 팔을 찔러 잠을 깨우고 차가운 세숫물을 가져오며, 상한 음식을 먹이는 등 음습한 방식으로 페넬로페를 학대하고 있었음을 깨닫는다. 포악한 행동거지 때문에 과거에는 아무도 페넬로페가 학대당한다는 사실을 믿어주지 않았지만, 빙의된 페넬로페는 일부러 곰팡이 핀 빵과 상한 수프를 먹는 모습을 둘째 오빠가 목격하게 만들어 학대 사실을 밝힌다. 하지만 그녀는 에밀리를 내쫓기보다 약점을 잡아 협박하여 자신의 명령을 수행하게 만드는 쪽을 택한다. 그 뒤로 『악역의 엔딩은 죽음뿐』에서 에밀리는 충실한 심복이 된다.

이처럼 로맨스 판타지에서 귀족인 여자 주인공이 하녀나 시녀를 시험, 협박하고 폭력을 휘두르고, 때로는 보상해주며 수족처럼 부리는 이야기는 적지 않다. 『공작 부인의 50가지 티 레시피』(2017)처럼 자신을 무시하는 시녀나 하녀의 뺨을 때리고 기선을 제압함으로써 자신에 대한 부당한 대우를 전복시키거나 집안을 장악하는 첫걸음으로 삼기도 한다. 게임으로 치자면 튜토리얼의 가장 쉬운 미션과 비슷하다.

이런 설정이 종종 등장하는 데에는 이유가 있다. '남자는 세상을 지배하고, 여자는 남자를 지배한다'는 말이 있다. 가부장제 사회에서 남성은 조직이나 제도를 통해 승인된 공적인 권력을 갖지만, 여성의 권력은 남성을 통해서만 발휘할 수 있는 사적인 권력이다. 그렇기 때문에 흔히 동서양을 막론하고 궁정의 후원에서 벌어지는 암투란 본질적으로 사랑싸움이 아니라 권력다툼인 것이다.

이런 가부장제의 구조 속에서 여성의 권력은 공식적으로는 존재하지 않는 권력, 가부장에게서 '빌려오는' 권력이다. 따라서 미혼 여성이라면 아버지, 기혼 여성은 남편에게서 권력을 위임받아야 한다. 집안에서 공공연하게 냉대를 받거나 학대를 받는 입장의 여성은 이러한 최소한의 권력도 갖지 못한 상태에서 출발한다. 따라서 주인공은 흔히 자신보다 낮은 위치에 있는 하녀나 시녀에게 이러한 대우는 부당하다는 사실을 스스로 증명해야 하는 것이다. 하지만 주인공의 진짜 목표는 하녀나 시녀가 아니라 가부장, 즉 아버지나 남편의 사랑과 지지를 획득함으로써 자신이 '마땅히' 가져야 할 사적인 권력을 회복하는 데 있다. 이것은 가부장제의 권력 구조 내에서 여성이 사적인 권력을 획득하는 과정의 가장 초보적인 연습이라고 볼 수 있다.

그에 따라 집안에서조차 불안정한 위치에 있는 귀족 여성은 자신보다 약자인 시녀나 하녀에게 신분제에 의거한 권력을 시험하고, 그들의 행동에 따라 직접적으로 보상하거나 응징함으로써 자신에게 복종하게 만든다. 더불어 늘 타인의 시선과 평가 속에서 노출된 미혼의 귀족 여성은 자신의 뜻을 이루기 위해 직접 움직이기 어렵다. 이렇게 사적인 권력으로 복속시킨 하녀나 시녀는 주인의 명령을 충실히 이행하는 부하가 된다.

하지만 페넬로페와 에밀리의 관계에서 볼 수 있듯이, 이러한 폭력적인 관계는 에밀리의 학대가 선행되어야 한다. 약자가 먼저 죄를 지었기 때문에, 페넬로페의 응징은 독자들에게 도덕적 정당성을 갖춘 것으로 받아들여진다. 나아가 이것은 신분제의 상하 관계를 거스르는 것이므로, 피해자인 귀족 여성이 다소 과하게 응징한다고 해도 수용될 수 있다. 하지만 그 아슬아슬한 경계를 넘어가면, 즉 여자 주인공이 정략의 도구로서 자신보다 약한 입장에 놓인 여성을 노골적으로 이용하거나 이유 없는 폭력을 휘두르면 독자들은 강한 거부감을 느끼기도 한다.

그 예로 『악녀는 두 번 산다』(2017)를 들 수 있다. 황제의 애첩인 어머니에게서 태어난 아르티제아는 정략에 천재적인 재능을 가진 여성이다. 그녀의 어머니는 자신이 낳은 황제의 사생아 로렌스에게만 사랑을 퍼붓는다. 아르티제아는 그런 어머니에게 사랑받고 싶은 마음에 온갖 모략으로 오빠 로렌스를 황제 자리에 앉히지만, 그 재능을 두려워한 로렌스에 의해 신체를 훼손하는 가혹한 형벌을 받고 유폐된다. 자신을 구출해준 정적 세드릭의 고귀한 인품에 감명을 받은 아르티제아는 자신의 생명을 희생하여 마법으로 그를 과거로 보내고자 하지만, 정작 자신이 회귀했음을 알게 된다. 어린 시절로 돌아온 아르티제아는 이번에는 세드릭을 위해 자신조차 도구로 삼아 정략의 재능을 아낌없이 발휘한다.

아르티제아의 어머니와 비슷한 외모를 가진 그레타라는 젊은 여성은 그 도구 중 하나이다. 회귀 전에 황제의 정부가 된 그레타를 다시 정부로 만들어 어머니를 향한 황제의 총애를 줄이고자 한 아르티제아는 이를 거부하는 그레타에게 고문을 가하는 등 황제의 정부가 되는 길을 '선택'하게 만드는데, 이런 행동은 독자들에게 매우 큰 반감을 샀다. 결과적으로 작품에서 그레타라는 인물 자체를 삭제하는 쪽으로 수정되었다.

로맨스 판타지에서 '악녀'라고 불리는 여자 주인공들이 대개 사회적으로 다소 이기적으로 행동하거나 규범에서 벗어난 자유로운 삶을 추구하는 데 머무르는 것에 비하여, 『악녀는 두 번 산다』의 주인공 아르티제아는 자신의 목적을 위해 타인을 능수능란하게 조종하고 파멸시키는

데 주저하지 않는다는 점에서 매우 독특한 악녀이다. 댓글에서 드러나는 독자의 호응이나 리뷰의 호평은 독자들이 아르티제아의 악함을 유능함으로, 타인의 욕망을 교묘하게 이용하여 파멸시키는 행위는 인과응보로서 거리낌 없이 납득할 수 있었음을 보여준다.

그러나 그레타는 아르티제아의 어머니를 닮은 아름다운 여성인 탓에 회귀 이전의 삶에서 황제의 정부가 되었을 뿐 아무런 죄도 짓지 않았다. 독자들은 아르티제아가 자신의 정치적 목적을 위해 무고한 여성을 고문하기까지하며 억지로 황제의 새로운 정부로 만드는 모습을 보고 크게 반발했다. 이처럼 로맨스 판타지의 독자들이 주인공의 작은 이기심이나 교활함은 유능함으로 기꺼이 받아들이지만 무고한 약자, 특히 여성을 향한 폭력에 민감하게 반응한 것은, 독자들이 아르티제아만이 아니라 그레타에게도 여성으로서 이입했음을 보여준다. 혹은 현실 속 뉴스 미디어에서 하루에도 몇 번씩 너무 빈번하게 접할 수 있는 여성 대상 범죄를 연상한 것일까?

『악녀는 두 번 산다』는 미혼의 귀족 여성인 아르티제아가 자신의 신분과 지위까지도 가차 없이 이용한다는 점에서 로맨스 판타지에서 보기 드문 시도를 한 작품이었다. 하지만 대부분의 로맨스 판타지 소설에서 신분제는 글자 그대로 엄밀한 의미의 사회 제도라기보다는 관념적인 지위에 가깝다. 왜 독자들은 귀족사회 자체에는 거부감을 가지면서도 귀족 여성의 삶에는 동경에 가까운 강한 매력을 느끼는 것일까?

풍족하고 편안한 삶을 원하는 것은 보편적인 욕망이다. 그렇다면 굳이 귀족 여성일 필요는 없을 것이다. 왜 부유한 평민 여성이 아니라 귀족 여성일까? 나는 그 이유가 독자들이 미혼 여성으로서 다른 사람들에게 당연히 존중받고 배려받을 수 있는 사회적 지위를 원하기 때문이라고 생각한다.

한국은 이성과의 친밀한 사이에서조차 존중과 배려를 바라는 여성에게 '공주병'이라는 조롱 섞인 이름을 붙일 정도로, 귀한 대접을 바란다고 여겨지는 젊은 여성을 향한 공공연한 분노가 팽배한 사회이다. 바로 그렇기 때문에 로맨스 판타지가 그리는 서양식 귀족사회에서 적어도 겉으로나마 여성들을 숙녀로서 정중하게 대접하는 모습이 매력적으로 비치는 것이 아닐까? 비록 신분제라는 한계는 있지만 이 귀족 여성들은 연애 대상 남성만이 아니라 가족이나 다른 사회 구성원들에게도 존중과 배려를 받으며 예외적으로 자유로운 사회적 관계를 맺을 수 있는 것으로 묘사된다.

이는 동시에 로맨스 장르 중에서도 유독 '서로판', 즉 서양 로맨스 판타지가 인기를 끄는 이유를 설명해준다.

'동로판'이라 불리는 동양 로맨스 판타지는 일반적으로 중국풍이나 조선 시대의 이미지를 차용하는데, 동양에 관한 독자들의 지식은 서양에 비해 훨씬 풍부하다. 자연히 그런 작품은 과거 동양 여성의 지위, 사회적 제약, 사회 구조 등 많은 제약을 받을 수밖에 없다. 사대부 집안에 태어나 규중심처에서 살아가며, 혼사는 집안이 정하고 집 밖에 나서는 일조차 드문 삶에서 낭만적 사랑을 그리기는 불가능하지는 않더라도 지난한 일이다.

또한 기독교의 영향으로 정부를 두어도 일부일처제가 기본이었던 서양에 비해, 동양은 축첩이라는 문제점이 있다. 아무리 목숨을 걸고 남성을 열렬히 사랑해도, 지금의 한국사회에서 기꺼이 첩이 되겠다는 여성 독자는 거의 없을 것이다.

실제로 2019년에 서울 종로구와 강원도 영월군은 단종의 왕비였던 정순왕후(1440~1521)를 기리는 '정순왕후 선발 대회'를 기획했다가 취소한 일이 있다. 혼인하고 3년 만인 18세에 단종과 사별하고 81세까지 수절한 정순황후의 '충절과 절개'를 기린다는 명목을 내건 기획이었다. 그래서 제목 그대로 왕비를 뽑는 간택 절차, 즉 초간택, 재간택, 삼간택을 재현하려고 했다.

문제가 된 것은 선발대회의 대상 연령과 선발 내용에 있었다. 기획에 따르면 만 15세에서 20세의 여성 지원자

(중3이라면 15세 미만이라도 지원 가능) 중 1위는 정순왕후, 2위와 3위는 각각 단종의 후궁이었던 김빈과 권빈으로 선발한다는 것이었다. 미성년자 여성을 왕비로 간택한다는 발상도 별로 세련된 것은 아니지만, 2위와 3위는 후궁으로 삼는다는 기획은 완전히 시대착오적이라고 평할 수밖에 없다. 나아가 3년이라는 짧은 부부 생활 후에 평생 재혼하지 않은 정순왕후의 '충절과 절개'가 과연 21세기 한국 여성이 보존해야 할 미덕일까? 이 선발 대회는 홍보 단계에서부터 '시대착오적 행사'라는 비판을 받았고, 결국 종로구는 "당초 취지가 변질할 수 있다는 우려가 있다"며 행사 자체를 취소했다.

해프닝으로 끝난 이 사건이 보여주는 것은, 21세기의 한국사회에서 이미 돌이킬 수 없게 바뀌어버린 가치관의 변화이다. 아무리 허울뿐이라도 공개적으로 첩을 선발하는 것은, 그것이 미성년자 여성 대상이라면 더더욱, 선망은커녕 격렬한 사회적 비판의 대상이 되는 것이다. 1970년대까지만 해도 텔레비전 드라마의 가장 인기 있는 소재가 처첩 갈등이었다는 사실을 생각하면 격세지감이 있다. 요즘도 고령 출연자들의 비중이 큰 종편 예능 프로그램에서는 두 집 살림이나 처첩 갈등처럼 남성의 불륜이 일상적이었던 과거의 에피소드가 웃음을 유발하는 요소로 흔히 사용된다. 그러나 적어도 웹에서 남성의 불륜을 향한 한국사회의 관용은 매우 빠르게 줄어들고 있다.

사실 서양 로맨스 판타지에서도 주인공이 왕실이나 황실에 시집가는 경우 조선시대의 왕실을 연상시키는 후궁이나 축첩 제도가 종종 눈에 띈다. 『버림받은 황비』에서 남자 주인공 루블리스가 저지른 잘못 중 가장 큰 것이 어린 시절부터 황후가 되기 위해 노력해온 아리스티아를 '황비'로 만들었다는 사실임을 기억하자. 왜 제목이 『버림받은 황비』겠는가?

하지만 로맨스 판타지에서 후궁이나 축첩 제도는 주로 궁정 암투와 같은 극적 갈등을 유발하기 위한 서사 장치로서 기능한다. 작가도 독자도 결국 동양 사극의 궁정 암투에 익숙하기 때문이다. 나아가 서양 로맨스 판타지에서는 주로 남자 주인공의 사랑이 얼마나 강하고 순수한가를 증명하는 서사 장치가 되기도 한다. 아리스티아가 회귀한 후 그녀의 영향을 받아 변화한 루블리스가 매력적인 타국의 왕녀들로 구성된 황비 후보들을 한 명도 남김없이 거절했듯이 말이다. 결혼 전에는 유명한 바람둥이였던 『루시아』의 남자 주인공 휴고조차도 자신과 결혼한 후에 정부를 두어도 좋다는 루시아의 제안을 단호하게 거절한다. '나쁜 남자' 스타일의 바람둥이라고 해도 성적인 방종이 용납되는 것은 미혼 시절까지이다. 여자 주인공과 결혼 후에도 바람을 피는 남성은 이미 남자 주인공이 아니다.

그러면 '현로', 즉 현대 로맨스는 어떨까? 『김비서가 왜 그럴까』(2012)와 같은 작품에서 알 수 있듯이, 현대 로맨스가 보여주는 환상은 로맨스 판타지와는 다른 종류의 것이다. 언니들의 학비를 대기 위해 최종 학력이 고등학교 졸업인 김비서가 대기업에 취업하는 것과 같은 종류의 환상인 것이다.

　　그러나 가난과 학력 등 여러 악조건을 노력으로 극복하고 '완벽한' 비서가 된 김비서는 유능하고 자신감에 넘치는 전문직 여성의 모습으로 묘사된다. 이처럼 현대 로맨스도 예전과 비교하면 훨씬 주체적인 여성상을 그린다.

　　『사내맞선』(2017) 역시 대기업 사장인 남자 주인공 강태무와 직원인 여자 주인공 신하리의 연애를 그리지만, 둘 사이의 관계는 보다 수평적인 것으로 묘사된다. 강태무는 잘생기고 집안도 좋고 섹시하지만 오직 업무에만 관심이 있는 워커홀릭이다. 그는 결혼하라고 괴롭히는 할아버지의 간섭을 피하고 업무에 집중하기 위해 선에서 만나는 여성이 어떤 여성이건 결혼하고자 굳게 마음먹는다.

　　반면 신하리는 친구인 부잣집 딸 영서의 아르바이트 제안으로 선 자리를 파토내기 위해 약속 장소에 나간다. 서로 상반된 목적을 가진 두 사람은 그 이후 만남을 이어가면서 하리는 비밀을 감추고 태무는 그 비밀을 밝히는 공방을 거쳐 감정이 자라나고 연인으로 맺어진다. 『사내맞선』은 질투와 삼각관계 등 극적인 갈등 대신 귀여운 오해와 소소한 갈등을 통해 잔잔하게 연애를 풀어간다.

두 작품 모두 기본적으로 연애 당사자들 사이의 오해나 반목은 있어도 아주 심각한 갈등은 일어나지 않는다. 『김비서가 왜 그럴까』의 남자 주인공 이영준도, 『사내맞선』의 강태무도 성격적 결함은 있지만 아주 비현실적이지는 않다. 현실을 배경으로 하는 만큼 현대 로맨스는 현실의 제약을 완전히 무시하면 과도하게 비현실적이라는 비난을 면하기 어렵기 때문이다. 현대 로맨스의 이러한 현실적인 성격 설정은 장단점이 있는데, 장점은 비교적 현실적이므로 드라마처럼 다른 미디어로 전환되는 것이 용이하다는 것이다. 반면 『치트라』처럼 일처다부제 사회를 묘사하는 식의 과감한 설정은 불가능하다.

그렇다면 여성의 다양한 욕망을 드러내고 긍정하는 것이 어째서 중요한가? 여성이 원하는 삶과 대우를 구체적으로 상상할 수 있게 해주기 때문이다.

여성에게 신분 상승과 풍족한 삶, 혹은 욕망만을 좇는 삶이 곧 행복한 삶이라고 이야기하는 것은 아니다. 하지만 자신이 어떤 사람이고 무엇을 원하는지, 어떻게 살아야 할지를 아는 것은 분명 가치 있는 일이다. 그것이 지금까지도 종종 이유 없이 비난받고, 무시당하는 여성의 욕망이라면 더더욱 그렇다.

새로운 방식의 유대 탐색

페미니즘 리부트 이후, 로맨스 판타지는 놀라울 정도로 큰 변화를 거듭하고 있다. 창작자인 로맨스 판타지 작가들의 변화와 소비자인 독자들의 변화 속에서 로맨스 판타지는 전형성에서 벗어나 다양한 시도가 이루어지고 있기 때문이다. 그 중 가장 눈에 띄는 변화는 과거 '여자의 적은 여자', 즉 '여적여'의 구도가 매우 빠르게 사라지고 있다는 점이다.

과거에는 매체를 불문하고 남녀 간의 낭만적 사랑을 주요 소재로 하는 로맨스에서 남녀 간의 삼각관계와 동성과의 경쟁은 서사를 흥미롭게 할 수 있는 가장 쉬운 방법 중 하나였다. 페미니즘 리부트 이후 '여적여'는 여성혐오적 서사 장치로서 비판의 대상이 되었고, 그 과정에서 여자 주인공과 다른 여성 인물의 관계도 다채로워지기 시작했다. 예전의 전형적인 '여적여' 구도는 흔히 '책(게임) 빙의물'의 배경이 되는 책과 게임의 설정에서 그 흔적을 찾아볼 수 있다.

『그 오토메 게임의 배드엔딩』(2019)과 같은 작품을 예로 들 수 있다. '오토메乙女'는 젊은 미혼 여성을 가리키는 문어로, 소녀와 거의 비슷한 뜻의 일본어 표현이다. 즉 '오토메 게임乙女ゲーム'은 여성을 대상으로 한 연애 시뮬레이션 게임을 뜻한다. 보통 1994년 일본의 게임회사 고에이

에서 내놓은 〈안젤리크ｱﾝｼﾞｪﾘｰｸ〉를 그 효시로 꼽는다. 〈안젤리크〉의 스토리는 플레이어가 여왕 후보인 '안젤리크'가 되어 신비로운 힘을 가진 수호성들의 도움을 받아 대륙을 발전시키면서 라이벌인 로잘리아와 여왕 자리를 놓고 경쟁하는 것이었다. 아홉 명의 수호성들은 모두 다른 개성을 가진 매력적인 남성들인데, 이들의 호감을 사서 관계를 진전시키면 데이트를 하거나 사건이 일어난다. 연애 시뮬레이션 게임의 목적은 연애의 성공이므로, 이 게임의 배드엔딩은 수호성에게 고백받지 못하고 경쟁에 이겨 여왕이 되는 것이었다.

『그 오토메 게임의 배드엔딩』은 오필리아라고 하는 아주 특별한 소녀와 그 소녀에게 가장 특별한 사람이었던 에밀리아라는 소녀의 이야기를 다룬, 한 오토메 게임을 배경으로 한 작품이다.

세상에서 가장 유명한 '오필리아'는 셰익스피어의 희곡 『햄릿』에 등장하는 오필리아일 것이다. 그녀는 자신의 약혼자인 햄릿이 부친을 살해하자 충격으로 미쳐 물에 빠져 죽는다. 무릇 동서양을 가리지 않고 아름답고 고귀한 여성의 비극은 인기 있는 소재이므로, 그녀의 죽음은 회화, 사진, 영화 등에서 소재로 사용되었다. 대표적으로 19세기 라파엘전파의 화가 밀레이의 작품 「오필리아」(1951)를 들 수 있다.

하지만 기독교 사회에서 그녀의 죽음은 문제적인 것이었다. 만약 그녀의 죽음이 자살이라면, 그녀는 교회에 묻혀 안식을 취할 자격이 없다. 자살이 아니라면, 그녀의 죽음은 광인의 실족사, 혹은 익사이므로 역시 광기의 아우라에서 벗어날 수 없다. 그녀의 죽음은 왕자의 약혼자였던 아름답고 고귀한 소녀의 죽음이므로 낭만적인 비극이기도 했다. 오필리아의 이름은 이처럼 그 자체로 죽음, 광기, 낭만의 이미지를 강하게 환기한다.

『그 오토메 게임의 배드엔딩』의 오필리아 역시 죽을 운명을 타고난 고귀하고 아름다운 소녀이다. 그녀는 윈드로제 후작가의 외동딸이지만 어린 시절에 죽을 운명이다. 그녀의 아름다움, 부유함, 재능, 특별함도 질병과 수명 앞에서는 빛이 바랜다.

이 작품의 프롤로그에서 오필리아는 이미 사망하고, 그녀를 꼭 닮은 시골 남작가의 딸 엘로디는 우연히 딸을 잃고 슬퍼하던 후작 부부의 눈에 띄어 후작가에서 지내게 된다. 이 엘로디가 작품 속 오토메 게임의 주인공이자 플레이어 캐릭터인데, 특이한 것은 이 오토메 게임은 모든 엔딩이 '배드엔딩'이라는 것이다. 즉 이 게임의 공략 캐릭터인 레어티스, 카시오, 에드먼드는 모두 원래 오필리아를 사랑하던 남자들이다. 보통 오토메 게임이라면 그들은 오필리아가 아닌 엘로디를 사랑하게 되었을 터이지만, 불행히도 이 오토메 게임에서는 그런 일이 벌어지지 않는다. 엘로디에게는 오필리아의 대용품으로서 애완의 대상이 되거나 살해당하는 배드엔딩만이 존재하며, 그나마 해피엔딩에 가까운 엔딩도 정말 오필리아가 아닌 엘로디를 사랑하는 것인지 알 수 없다고 암시한다.

그리고 『그 오토메 게임의 배드엔딩』의 주인공 에밀리아는 본래 게임에서 오필리아의 자리를 차지하려다가 엘로디가 등장하자 질투로 훼방을 놓다가 남자 주인공 후보들에게 '퇴치'당하는 오필리아의 친구였다. 악역 엑스트라인 셈이다. 그녀는 본래 윈드로제 후작 부부가 시한부인 탓에 외톨이인 딸이 안타까워 또래 친구를 붙여주기 위해 돈으로 데려온 먼 친척 소녀이다. 어렴풋하게 자신이 플레이했던 오토메 게임의 기억이 있는 에밀리아는 자신의 운명은 이미 정해졌다고 생각하고, 첫 만남부터 오필리아와 다투면서 매우 독특한 우정을 쌓아간다.

태어났을 때부터 몸이 아팠던 오필리아는 모든 사람을 싫어하고 그것을 조금도 숨기지 않는 매우 모난 성격이었다. 하지만 그녀가 일찍 죽을 운명임을 알고 있는 다른 사람들은 그녀의 성격을 모두 받아준다. 에밀리아만이 오필리아와 부딪치고 욕을 하고 그녀를 동등하게 대하면서 유일한 이해자이자 친구가 되었다. 이 작품의 첫 장면은 에밀리아와 오필리아의 대화 장면을 묘사하고 있다.

오필리아는 자신이 몸이 너무 아파 죽고 싶다고 하면 다른 사람들은 모두 자신들과 조금이라도 더 살아달라고 이야기한다고 이기적이라고 비난한다. 오필리아가 "내가 죽여달라고 하면, 넌 뭐라고 할 거야?"라고 질문하자 에밀리아는 "어떤 방법이 제일 덜 아픈지 알아볼 때까지 기다려달라고 할래"라고 대답한다. 오필리아가 그러면 네가 감옥에 가거나 욕을 먹을 것이라고 말하자 에밀리아는 "그런 사람들보다 네가 더 중요해"라고 답한다. 오필리아는 에밀리아의 손을 세게 잡으며 자신이 죽은 뒤 자신을 잊지 말라고, 그리고 "나보다 더 친한 친구도 사귀지" 말라고 당부한다. 그런 한편으로 죽기 싫다고, 무섭다고 속삭인다. 그러자 에밀리아는 "죽어줄까?"라고 묻는다. "무서우면, 같이 죽어줄까?"라고.

오필리아는 이 유혹적인 제안을 거절한다. 그러기에는 에밀리아가 '아깝기' 때문이었다. 오필리아는 에밀리아가 자신 대신 예쁜 옷도 많이 입고, 많이 놀러 다니고, 맛있는 것도 많이 먹고, 승마도 하고, 연애도 하라고 이야기한다. 오필리아에게 에밀리아는 친구이자 가족이었고, 그러므로 "행복하게 살아야지"라고 얘기해줄 수 있는 유일한 상대였다. 그리고 그해 여름이 되기 전에 오필리아가 사망하면서 이야기가 본격적으로 시작된다.

오필리아와 에밀리아의 친밀한 관계는 매우 인상적

이다. 오필리아는 돈에 팔려온 몸종 겸 친구인 에밀리아를 경멸하고 자신이 갖지 못한 건강함을 질투한다. 에밀리아는 비록 아프지만 모든 사람들의 사랑을 받는 오필리아의 특별함을 질투하고 그 운명을 연민한다. 동시에 그들은 서로에게 서로를 위해 죽을 수 있고 자신이 죽은 후 행복하기를 바랄 수 있는 유일한 존재였다.

영국의 시인 바이런은 '우정은 날개 없는 사랑'이라고 말했다. 그들의 우정은 오필리아가 사망한 뒤에도 끝나지 않으며, 『그 오토메 게임의 배드엔딩』 전체에 걸쳐 계속해서 영향을 끼친다. 보통 소설이나 게임의 세계에 빙의하거나 환생하는 웹소설은 주인공이 이미 세계가 어떻게 될지, 그리고 주요 인물의 성격이나 비밀을 알고 있기 때문에 원작 주인공의 몫으로 예정되어 있는 행운이나 기회를 가로채는 경우가 많다. 로맨스 판타지에서는 주로 남자 주인공이나 서브 남자 주인공의 사랑이 그 대상이 된다.

하지만 에밀리아는 오히려 오필리아와 아주 특별한 우정을 쌓음으로써 오필리아를 사랑하는 남자 주인공들과 적대적인 관계를 형성하고, 오필리아가 죽은 뒤에는 후작가를 떠나 행방을 감춘다. 이야기가 진행되면서 남자 주인공들과의 관계도 진전되지만, 에밀리아에게도 독자에게도 오필리아와 에밀리아의 우정 이상으로 강렬한 관계는 존재하지 않는다. 어쩌면 이 오토메 게임의 '배드엔딩'은 에밀리아가 연애가 아닌 우정 엔딩을 선택했음을 의미하는 것인지도 모르겠다. 연애 시뮬레이션 게임에서 연애 외의 엔딩은 모두 '배드엔딩'이기 때문이다.

　물론 『그 오토메 게임의 배드엔딩』은 로맨스 판타지로서 매우 예외적인 시도를 한 작품이다. 로맨스 판타지에서 '여적여'가 눈에 띄게 사라진 것은 사실이지만, 여성 인물 사이의 관계가 서사 전체를 좌우하는 작품은 여전히 소수에 속한다. 보통 예전이라면 여자 주인공과 대립했을 법한 여성 인물이 여자 주인공과 호의적이거나 건강한 경쟁자, 혹은 가까운 친구가 되는 정도에 머무르는 경우가 많다. 이야기에서 차지하는 분량만을 따지자면 오히려 줄어든 감이 있다.

　하지만 나는 예전에는 찾아보기 힘들었던 여성 인물이 등장하고 있다는 점에서 긍정적으로 볼 수 있다고 생각한다. 주인공과 색다른 여성 인물의 관계를 시도하는 작품들은, 모두 그렇지는 않지만 페미니즘과의 친화성이 높다는 점도 주목할 만하다. 예를 들어, 『여왕 쎄시아의 반바지』(2018)의 주인공은 여왕 쎄시아가 아니다. 아흔아홉 개의 나라를 정복하고 발렌시아 대국을 이룬 여왕 쎄시아는 나라가 넓어진 만큼 밀려드는 일에 괴로운 와중에 불편한 여성 복식에 강한 불만을 품게 된다. 그는 자신의 이복동생인 에넌에게 "쩔어주게 편하고 아무튼 죽여주는" 여성의복을 대령할 것을 명한다. 그래서 에넌은 특별한 디자이너를 찾아 다니다가 어떤 상단의 디자이너인 주인공 유리를 찾아오게 된다.

유리는 현대 한국 여성이 환생한 인물인데, 중소 의류 회사에서 '열정페이'로 고생하다가 사고로 죽은 패턴사이다. 전생의 기억을 자각한 유리는 자신의 능력을 살려 부자가 되고 싶다는 마음과 낙후된 의류 사정을 혁신하고 싶다는 생각에 남장을 하고 상단의 디자이너가 된다. 그리고 에넌과 만나 여왕의 특별한 재단사가 된다.

여기까지 읽으면 쉽게 짐작할 수 있지만, 유리는 현대 패션의 요소를 도입해 여왕에게 바지를 입힌다. "쩔어주게 편하고 아무튼 죽여주는" 옷을 요구하는 여왕에게 유리는 여왕이 코르셋을 안 입으면 된다는 해답을 내놓는다. 말 그대로 '탈脫코르셋'인 셈이다.

『여왕 쎄시아의 반바지』의 상상력은 온건하지만 재미있다. 유리는 성녀도 악녀도 아니지만 자신이 가진 능력을 이용해 다른 여성들의 삶의 조건을 개선시키고자 하는 확고한 선의를 갖고 있다. 그 과정에서 돈을 벌어 편안한 노후를 보내고 싶다는 욕망은 '열정페이'에 시달렸던 기억이 있는 인물로서 자연스럽다.

유리의 행보는 많은 부분에서 코코 샤넬을 연상시킨다. 유명한 명품 브랜드의 이름이기 이전에 디자이너였던 샤넬은 자신의 독특한 패션 스타일을 유행시킴으로써 여성들을 그 몸을 옥죄는 코르셋과 패티코트에서 해방시킨 여성이었다. 그녀는 여성용 승마바지, 몸을 조이지 않는 넉넉한 의복, 무릎 아래 10-20cm까지 짧아진 치마 길이, 최초의 숄더백(이전의 여성용 핸드백은 끈이 없었다), 나아가 보석 대신 모조품을 사용한 액세서리를 유행시켰다. 샤넬의 디자인은 일관되게 여성의 활동성을 확보하면서 개성을 드러낼 수 있는 것이었다. 그러나 개인으로서는 제2차 세계대전 당시의 수상한 행보 때문에 프랑스에서 추방당하여 쓸쓸한 노년을 보내야 했다. 지금 '샤넬'이라고 하면 디자이너로서의 업적보다 명품 브랜드가 가장 먼저 연상된다는 사실은 쓸쓸함을 남긴다.

하지만 유리는 샤넬보다는 운이 좋은 디자이너였다. 그녀의 고용주는 정복 군주이지만 여성이기에 번거롭고 불편하기만 한 코르셋을 입어야 하는 현실이 퍽 불만스러운 여왕이기 때문이었다.

여왕의 전폭적인 지원을 받아 유리는 불편한 여성복을 개선하는 한편으로 여성의 삶의 질을 향상시키는 데 필수적인 물건들을 발명하려 좌충우돌하면서 성장해간다. 다른 환생자들이 부동산 투기를 하거나 위험한 마법을 발명하거나 전쟁에서 활약하는 것에 비하면, 유리의 야심과 욕심은 지극히 평화롭고 사랑스럽다. 하지만 부동산 투기가 흥하거나 위험한 마법이 만연하고 전쟁이 일어나는 세상과는 달리, 유리가 활약하는 세계에서 여성들의 삶은 앞으로 완전히 달라질 것이다.

이처럼『그 오토메 게임의 배드엔딩』이나『여왕 쎄시아의 반바지』는 로맨스 판타지의 전형성을 탈피하는 과감한 시도를 하였고, 그 결과 독특한 개성을 갖춘 작품들이 되었다. 그러나 아쉽게도 그 결과가 꼭 상업적인 성공으로 이어지지는 않았다. 이에 비하여『계모인데, 딸이 너무 귀여워』(2019)는 역시 페미니즘 경향을 짙게 드러내면서도 카카오페이지의 밀리언페이지에 들어갔다는 점에서 이색적인 작품이다.

『계모인데, 딸이 너무 귀여워』은 전형적인 '책 빙의물'로 보인다. 한국의 아동복 회사에서 근무하던 이백합은 못난 외모로 힘든 일을 많이 겪었고 엎친 데 덮친 격으로 과로사로 사망한다. 그리고 그녀는 독살당한 왕비의 장례식에서 아름답지만 사악한 왕비, 아비게일로서 눈을 뜬다.

그녀 앞에 귀엽고 사랑스러운 의붓딸, 잘생겼지만 아내와 딸에게 냉담한 왕, 마법의 거울까지 등장한다. 상황을 파악한 그녀는 자신이 "예쁜 의붓딸을 질투한 나머지 딸을 독살하고 남편에게 처형되는 동화", 즉『백설공주』에 빙의되었다고 판단한다. 아이들을 좋아하는 그녀는 백설공주로 보이는 의붓딸인 블랑슈와 친해지려고 노력하고,

그 과정에서 여전히 그녀를 경계하는 남편 세이블리안과
도 점차 관계를 개선하는 것이 초반의 스토리이다.

블랑슈는 엄격한 아버지에게 방치당하고, 계모에게
는 은밀한 괴롭힘을 당하는 귀엽고 사랑스러운 소녀이다.
현대 한국 여성이 빙의한 아비게일이 이 상황에 분개하는
것은 자연스러워 보인다. 아비게일은 왕비가 블랑슈에게
가하던 사소한 괴롭힘을 당장 금지시켰을 뿐만 아니라 현
대인의 관점에서 아동에게 가혹하게 여겨지는 교육과 생
활습관을 고쳐나간다. 특히 아동복 회사 직원이었다는 설
정에서 쉽게 짐작할 수 있듯이, 어린 몸을 옥죄는 코르셋
을 벗기고 편안한 아동복을 입히며 식생활도 바꾼다. 그녀
는 딸을 보호해야 하는 '어머니'로서의 역할에 먼저 몰입
하고, 그 연장선상에서 세이블리안에게 자식을 사랑하고
보호하는 '아버지'로서의 역할을 요구한다.

그래서 『계모인데, 딸이 너무 귀여워』의 초반은 주로
'가족 힐링물' 성격이 강하다. '가족 힐링물'은 명확한 정
의는 없지만 '상처입은 개인이 가족의 사랑을 통해 상처를
치유하고 가족이 회복되는 이야기'라고 정의할 수 있을 것
이다.

실제로 아비게일은 냉정하다고만 생각했던 남편 세
이블리안 역시 혈통이 끊길 것을 염려한 부친의 명령에 의
해 어린 나이에 큰 상처를 입었고, 그 상처의 결과인 블랑

슈에게 냉담하며 여성과의 접촉을 꺼리게 되었다는 사실을 알게 된다. 아비게일이 세이블리안의 상처에 공감하고 함께 진심으로 마음 아파하면서 세이블리안 역시 천천히 자신의 상처를 극복해나가게 된다. 그 결과 그들은 진짜 가족이 되는데, 아비게일은 이에 그치지 않고 친구와 적에게조차 공감과 이해의 손길을 내민다. 아비게일은 파티나 무도회에서 정적政敵 가문의 딸로 공공연하게 왕비 자리를 노리는 카린이 여성으로서 망신을 당할 위기에 빠지면 기꺼이, 몇 번이고, 그녀를 돕는다.

그래서 『계모인데, 딸이 너무 귀여워』는 시종일관 경쾌하고 밝은 분위기로 진행된다. 가장 감탄스러운 것은 결말인데, 아비게일의 치유가 그녀 자신, 이백합에게까지 이르기 때문이다. 이 결말은 매우 강력해서 스포일러를 피하기 위해 밝히지 않겠다. 하지만 이 결말을 보면 『계모인데, 딸이 너무 귀여워』가 처음부터 끝까지 일관된 정서와 목적을 관철한 작품임을 이해할 수 있다.

『계모인데, 딸이 너무 귀여워』가 흥미로웠던 것은, 기본적으로 계몽소설에 가까운 구조를 가진 이 웹소설이 대중적인 성공을 거두었다는 점이었다. 주인공은 기꺼이 타인을, 특히 여성을 돕는다. 그녀의 선행은 가족의 틀을 넘어 계속해서 확장된다. 아비게일은 먼저 블랑슈를 코르셋의 고통에서 해방시키고 이어 다른 아이들, 그리고 나중에는 전쟁 상황을 배경으로 성인 여성들의 의복을 개혁한다. 나아가 가족을 회복시키고, 정략의 도구인 다른 귀족 여성을 적극적으로 돕고, 왕비로서 타국과의 외교 관계에까지 영향을 끼쳐 결과적으로 세상을 바꾼다.

물론 이것은 매우 낙관적인 전개일 것이다. 우리는 사람들이 그렇게 합리적이지도, 변화를 쉽게 받아들이지도 않는다는 사실을 이미 충분히 알고 있다. 16세기에 카트린 드 메디시스가 프랑스 왕가에 시집오면서 포크를 들여왔지만, 신앙상의 이유로 포크는 탐식을 부추기는 사악한 도구라는 부당한 비난을 받았다. 결국 유럽에서 포크가 대중화된 것은 19세기에 이르러서였다. 우리도 당장 전 세계 모든 사람에게 간단한 과학 상식을 믿게 만드는 것이 얼마나 어려운지 실감하고 있지 않은가? 더구나 『계모인데, 딸이 너무 귀여워』에서 아비게일이 내세우는 가치는 대단히 현대적이다. 그럼에도 불구하고 이 작품이 일정한 개연성을 갖추고 있는 것처럼 느껴지는 것은 그 세계가 동화 속 세상이라는 인식과 사악한 왕비라는 지위에서 비롯되는 권력의 이미지, 그리고 친권을 가진 어머니라는 입장 때문일 것이다.

그리고 다른 무엇보다 설득력을 갖는 것은 아비게일/이백합의 독특한 개성에 있다. 그녀는 선한 여성이다. 그녀는 타인을 도우며 자신의 이익을 계산하지 않고, 대가를 바라지도 않는다. 왜냐하면 학대받는 어린 소녀를 보호하는 것이 당연한 것처럼, 그 모든 선한 행동이 그녀에게는 '당연한' 일이기 때문이다. 나는 선하지만 답답해서 요즘 독자들에게 외면받는 기존의 '성녀' 캐릭터와 아비게일의 차이점이 여기에 있다고 본다. 아비게일의 모습은 타자화된 여성의 미화된 이미지가 아니다. 즉 아비게일의 선의와 그 선의를 표현하는 행동은 매우 인간적이며, 자연스럽다. 본인도 마음에 상처를 갖고 있지만 어린 소녀를 보호하고 다른 여성과 기꺼이 연대하며 이해와 공감으로 가족을 회복시키고 많은 이들의 도움을 받아 함께 세상을 보다 나은 곳으로 만든다는 것. 그리고 그것이 어떤 탁월하고 이상적인 여성이기 때문에 가능한 것이 아니라 선한 마음과 솔직한 행동으로 가능하게 된다는 것. 그것이 독자들에게 신선했던 것이 아닐까?

내가 이 장章에서 가장 고민한 것은 이 독특한 작품들에 어떤 선입견을 만들거나 어떤 것은 옳고 어떤 것은 나쁘다는 암시, 혹은 서열을 매긴다는 인상을 주는 것이 아닐까 하는 것이었다. 페미니즘의 관점으로 로맨스 판타지를 읽는다는 시도 자체가 그러한 인상을 주는 것은 사실이다. 하지만 내가 주목하고 싶었던 것은 사람들이 너무 쉽게 천편일률적이라고, 혹은 스낵컬처에 불과하다고 매도해버리는 로맨스 판타지가 가진 가능성이었다.

『그 오토메 게임의 배드엔딩』이나『여왕 쎄시아의 반바지』,『계모인데, 딸이 너무 귀여워』도 일견 모두 전형적인 로맨스 판타지로 보인다. 로맨스 판타지는 흔히 순정만화풍의 아름다운 남녀가 가공된 서양의 이미지 속에서 춤을 추고 파티를 즐기며 연애 놀음을 즐기는 허상, 혹은 환생·회귀·빙의의 비슷비슷한 이야기들의 반복이라는 비판을 받는다. 정말로 그럴까?

『그 오토메 게임의 배드엔딩』은 환생·회귀·빙의가 모두 등장하지만, 그 익숙한 이야기들을 조금씩 비틀어 매우 독특한 소녀들의 아름다운 우정을 이야기했다.『여왕 쎄시아의 반바지』는 권력자조차도 여성이기에 감내해야만 하는 여성 복식의 속박으로부터 벗어나고 싶어한다는 이야기의 큰 틀 안에서 여성이 주도하는 탈코르셋의 상상을 발랄하게 풀어냈다.『계모인데, 딸이 너무 귀여워』는 누구나 쉽게 이해할 수 있는 동화의 틀 안에서 평범한 여성의 선한 영향력이 세상을 바꾸는 이야기를 보여주었다.

이 이야기들 중 어떤 것도, 지금까지 온갖 미디어에서 계속해서 반복하여 재생산하고 있는 남자들의 우정, 전쟁과 정복, 폭력과 복수보다 못할 것이 조금도 없지 않은가?

우리는 누구인가?

그리고 다시,
새로운 이야기의 세계에

2020년 나는 고령화와 돌봄노동의 문제를 다룬 일본 소설 『장녀들』(2020)을 번역 출간했다. 이 책에 실린 세 편의 중편 소설 중에 「퍼스트레이디」라는 작품이 있다. 이 소설의 중심 갈등은 모녀 사이에서 일어나는데, 그 근본적인 원인은 어머니가 자신의 실패한 결혼과 삶의 무게를 견디지 못했다는 사실에 있었다. 어머니의 결혼 생활이 행복하지 않았던 것은 지방 동사무소에서 일하던 그녀와 대대로 의사 집안 출신으로 역시 의사가 된 남편이 너무나 달랐기 때문이다. 어머니는 도쿄의 시가에 들어가 살지만 의사 집안의 문화에 적응하지 못하고 반발한다. 근면함과 솔직함을 미덕으로 여기는 어머니에게 의사 집안의 사교와 교양은 진실하지 않은 겉치레와 속물근성, 허영으로 여겨졌던 것이다. 다른 사람들의 눈에 어머니의 결혼과 삶은 신데렐라의 그것처럼 부럽게만 보였지만, 그 낙차 또한 어머니가 자신의 삶을 견디기 힘들게 만든 짐이었을 뿐이다.

하지만 그녀는 자신의 불만과 비판을 오직 딸에게만 공유하며 다른 가족들에게는 그 자세한 내막을 일체 드러내지 않는다. 특히 사랑해 마지않는 아들에게는 더더욱 그렇다. 딸은 성장하면서 어머니의 부정적인 사고방식에 염증을 느끼지만, 딸로서 어머니를 이해하기에 냉정하게 외면하지 못한다.

처음 읽었을 때부터 번역하는 내내, 나는 이 어머니의 사고방식이 답답했다. 객관적으로 볼 때 이 어머니의 결혼은 많은 여성들이 부러워할 만한 것이었다. 의사 집안의 아들과 결혼함으로써 지방에서 수도로, 서민에서 중상류층으로, 상대적으로 풍족하고 여유 있는 삶을 살게 되었으므로.

하지만 불행히도 이 어머니에게는 적극적으로 신분상승을 꾀하는 욕망이 전혀 없었다. 어머니는 딸에게 자신에게 "의사나 부잣집 아들과 결혼하고 싶다는 천박한 마음은 조금도"* 없었다고 주장한다. 그리고 문화 차이로 충돌하던 시부모가 죽고 여유가 생기자 이번에는 폭식으로 자신의 건강과 삶을 무너뜨린다.

　　말하자면 그녀는 실패한 신데렐라인 셈이다. '송충이는 솔잎을 먹어야 한다'는 속담이 가장 잘 들어맞을 법하다. 이런 삶의 방식이 잘못되었다고 비난할 생각은 없다. 하지만 쉽사리 이해하기 어려운 것도 사실이다. 어머니는 왜 실패했을까?

　　바로 자신을 바꿀 수 없었기 때문이다. 아버지는 구체적으로 무슨 일이 있었는지 이야기해주지 않는다. 하지만 아버지의 진료 책상 위에는 노조 집회에 참석한 젊은 시절의 어머니 사진이 놓여 있다. 근면함과 검소를 긍정하고, 부와 허례허식을 부정하는 한편 설령 남녀 간의 사랑은 끝나도 임신한 아이를 책임지기 위해 어쩔 수 없이 결혼을 선택한다. 그런 인생관, 결혼관, 노동관을 경제가 고도성장기에 진입하는 한편으로 노동운동과 학생운동이 절정에 이르렀던 1960년대 일본사회의 맥락 밖에서 설명할 수는 없을 것이다. 이 어머니의 정신과 마음은 일본 사회가 고도성장기에 진입하던 1960년대의 대중문화와, 자신이 성장한 지역사회의 가치관에서 한 발짝도 벗어나지 못한 것이다. 그리고 그녀는 이미 오래전에 1960년대를 지나쳐버린 일본사회와 도쿄 사람들에게 끝끝내 적응하지 못했다.

　　＊　시노다 세츠코, 안지나 역, 『장녀들』, 이음, 2020, 212쪽.

자신의 가정에서조차.

「퍼스트레이디」의 어머니도 욕망이 없는 사람은 아니었다. 오히려 견디지 못하고 스스로의 삶을 파괴할 정도로 강한 욕망을 가진 사람이었다. 다만 그 욕망이 결혼을 통한 신분 상승으로 이룰 수 있는 종류의 것이 아니었을 뿐이다. 땀을 흘리며 근면하게 일하고 싶다, 지역사회의 밀접한 인간관계 속에서 살고 싶다, 시집 사람들과 직장 사람들에게 인정받고 싶다는 것 역시 욕망이다. 하지만 그런 자신의 감정을 딸을 제외하고는 아무에게도 털어놓지 못했다. 어머니는 자신의 진실한 욕망을 이야기하는 대신 "의사나 부잣집 아들과 결혼하고 싶다는 천박한 마음", "속물"을 비난한다. 어머니의 비틀린 말의 틈새에서 여성이 자신의 욕망이나 욕심을 함부로 드러내지 못하게 만드는 일본 사회의 억압과 내면화된 비난을 읽어내는 것은 지나친 비약일까?

대중이 원하는 욕망을 발 빠르게 반영하는 대중문학은 문화의 산물이며, 일련의 사회적 관념 및 욕망 등을 도식적으로 반영한다. 하지만 어떤 작품은 오히려 그 문화에 충격을 주기도 한다.* 실제로 웹소설은 오늘날 대중과 가

---

* John. G. Cawelti, *Adventure, Mystery, and Romance*, Chicago, The University of Chicago, 1976, 20쪽.

장 밀접하게 소통하면서 바로 그 대중들의 욕망을 구체적으로 보여줌으로써 대중의 삶과 문화에 직접적인 영향을 끼치고 있다. 물론 웹소설만이 대중의 욕망을 반영하는 것은 아니다. 다만 보다 알기 쉽게 직접적으로 이야기할 뿐이다. 나는 이 책을 쓰면서 이것 또한 웹소설을 이렇게 읽고 싶다는 나의 욕망이 반영된 것뿐인 것은 아닐지 끊임없이 되묻지 않을 수 없었다.

객관적으로 현재 웹소설에서 로맨스 판타지라는 장르가 다른 많은 장르 중에서도 페미니즘 경향을 가장 뚜렷하게 보이고 있는 것은 분명한 사실이다. 하지만 그런 소설들이 항상 상업적으로도 성공을 거두는 것은 아니다.

예를 들어 『루시아』(2014)는 로맨스 판타지에서 커다란 상업적 성공을 거두었을 뿐 아니라 그 뒤에 나온 작품들에게까지 큰 영향을 끼쳤다. 하지만 그 내용은 페미니즘에 민감한 지금 독자들에게 여성에 관한 편견을 재생산한다는 비판을 받을 만한 내용이 많다. 루시아가 다른 귀족 여성들에 비해 정숙하고 사치스럽지 않고 검소한 점을 비교한다든가, 가정 내에서 남자 주인공 휴고와 루시아의 비대칭적 권력 관계, 휴고가 노골적으로 드러내는 여성에 대한 고정관념과 편견 등이 그렇다. 실제로 카카오페이지의 『루시아』 연재 페이지를 보면 1화부터 댓글난은 이런 단점을 비판하는 독자들과 옹호하는 독자들의 전쟁터에 가깝다. 그럼에도 2014년 작품인 『루시아』가 2020년 12월 현재에도 실시간 랭킹에 오르내린다. 『울어봐, 빌어도 좋고』(2019)처럼 여자 주인공이 남자 주인공에게 강압적인 행위나 부당한 처우를 당하여 그 몸과 정신이 피폐한 상태가 되는 소위 '피폐물'이 큰 인기를 끌기도 한다.

더구나 웹소설 작가의 노동 조건은 점점 더 가혹해지고 있는 것처럼 보인다. 2019년 조아라의 누적 작가 수는 약 18만 명, 문피아는 약 4만 7000명에 이른다. 작가의 수가 많으니 자연히 경쟁도 그만큼 치열하고, 만족할 만한 수익을 얻기도 쉽지 않다. 실제로 문피아에서 5억 이상 수익을 내는 작가는 20~30명, 10억 이상은 10명 정도라고 한다. 수익을 내지 못하는 작가들이 훨씬 더 많다. 사실상 레드 오션을 뛰어넘어 '데드 오션'에 가까운 경쟁률이고, 플랫폼마다 하루에도 신간이 무수히 쏟아져 나온다.

이렇게 가혹한 시장에서 흡사 계몽소설을 연상시킬 만큼 페미니즘 경향을 뚜렷이 보이는 소설들이 나타나고, 때로는 상업적으로 성공하기도 한다. 이것이 어떻게 놀랍고 흥미롭지 않을 수 있겠는가?

실제로 로맨스 판타지 작가의 입장에서 페미니즘 경향을 두드러지게 드러내는 것은 쉽지 않은 선택이다. 페미니즘은 결국 이성과의 극적인 사랑을 그리는 로맨스의 장르적 특성과 대치될 수밖에 없기 때문이다. 때문에 작품의 페미니즘적인 요소에 불만을 느끼는 독자들도 많다. 또한 전형성에서 벗어난다는 것은 그만큼 이해하기 어려운 이야기가 된다는 뜻이다. 대중문학으로서, 이것은 작가에게 정말 큰 모험이다. 뛰어난 작품은 결국 대중의 인정을 받고 잘 팔리는 법이라고 이야기하는 것은 간단하다. 하지만 만약 그렇다면 고전문학의 목록은 곧 당대 베스트셀러 목록이어야 하지 않겠는가? 1899년의 영국에서 과연 얼마나 되는 사람들이 조셉 콘래드의『암흑의 핵심』이 자신들의 시대를 대표하는 명작으로 남을 것이라 짐작했겠는가?

이처럼 같은 장르, 같은 플랫폼에서 끊임없이 수많은 이야기가 쏟아지는 가운데 이를 소비할 독자는 한정되어 있다고 보는 것이 타당하다. 그 한정된 독자들의 선택을 받아야 하는 상황에서 일정 수의 독자에게 반감을 살 수 있는 시도는 그 자체로서 용감한 것이다. 더구나 비슷한 시도를 한 작품들이 좀처럼 상업적인 성공을 거두지 못하는 상황에서는 더욱 그렇다.

그렇다면 페미니즘을 지지하는 독자들이 페미니즘을 내세운 로맨스 판타지 작품을 솔선하여 읽고, 소비하고, 앞장서서 요구해야 할까? 그러면 좋겠지만, 현실적으로 이를 실현하기는 어려울 것이다. 페미니즘을 지지하는 독자들도 모두 저마다 취향과 추구하는 재미가 다르기 때문이다. 이런 이야기를 하고 있으니 경향문학의 문학성 논의나 1960년대 참여문학 논쟁이 떠오른다. 장르문학으로서의 로맨스와 판타지, 혹은 로맨스 판타지 자체가 도피의 문학으로 여겨지는 것을 생각하면 아이러니한 일이다.

반복하자면, 환상은 허공에 짓는 누각이 아니다. 지금 로맨스 판타지에서 두드러지는 페미니즘 경향은 그만큼 한국의 웹소설 여성 독자, 특히 10대, 20대 여성의 페미니즘을 향한 관심을 보여준다. 앞에서 '스컬리 효과'를 언급했지만, 나는 특히 로맨스 판타지가 청소년소설로서의 역할을 담당하는 부분이 있다고 생각한다. '속물'이나 '이기적'이라는 비난의 눈초리에서 벗어나, 여성으로서의 자신이 정말 원하는 것이 무엇인지 마음 놓고 탐색할 수 있는 장을 마련해준다면 그 자체로 큰 가치와 의의가 있는 것이 아닐까. 적어도「퍼스트레이디」의 어머니처럼 자신이 진정 원하는 것이 무엇인지도 알지 못하고, 주장할 언어도 갖지 못한 채 자기 소외와 파괴와 같은 비극적인 결말을 맞는 것은 피할 수 있지 않을까?

이는 다른 연령대의 여성들에게도 마찬가지이다. 나는 웹소설의 가장 큰 장점 중 하나가 댓글난의 활성화라고 생각한다. 여성의 어떤 행동이 '이기적'인가? 어떤 것이 낭만적인 행위이고 어떤 것이 폭력인가? 왜 여성과 남성의 '순결'은 다른 잣대로 인식되는가? 친밀한 관계의 남성이 행한 성폭력을 용서할 수 있을까? 다른 여성과의 연대는 어떤 식으로 이루어져야 할까? 선함과 '호구'의 경계는 어디인가? 왜 탈코르셋이 필요한가? 이 시대의 이상적인 사랑이란 대체 무엇인가?

현재 한국사회에서 다양한 여성들이 이런 이야기를 마음 놓고 활발하게 나눌 수 있는 온라인 공간이 달리 있을까? 나는 과문하여 모르겠다. 그리고 설령 의견을 내놓지 않는다 하더라도, 다른 여성들의 논의를 보는 것만으로도 달라지는 것이 있다. 이것은 분명히 페미니즘 리부트 이후 한국사회에서 일어나고 있는 페미니즘의 대중화와 궤를 같이하는 현상이다.

이안 버킷은 "사회적·문화적 관계들이 변화하는 상황에서 인간은 그들이 용인된 습관과 관행을 다른 사람들과 맺는 새로운 관계 형태에 맞게 변화시키고자 노력하며, 그와 함께 새로운 형태의 느낌과 감정이 출현한다"* 고 했다. 물론 로맨스 판타지라는 장에서 일어나고 있는 한국 여성들의 변화에는 여러 제약과 한계가 존재한다. 하지만 이 세상에 완벽한 이야기가 있는가?

작가는 작가대로, 독자는 독자대로, 웹소설이라는 극단적인 신자유주의 시장에서 여성과 사랑, 그리고 여성의 삶이라는 주제로 다양한 이야기를 만들어내고, 읽고, 반응

---

* 이안 버킷, 박형신 역, 앞의 책, 93쪽.

하고 있다. 그것이 늘 조화로운 교향악은 아니겠지만, 나는 그 시도 하나하나가 새로운 여성들만의 독특한 이야기를 만들어가고 있다고 생각한다. 그리고 그 이야기는 점차 로맨스 판타지라는 카테고리 자체를 뒤흔드는 지점까지 나아가고 있다.

『계모인데 딸이 너무 귀여워』같은 작품은 전형적인 로맨스 판타지의 틀 속에서 낭만적 사랑, 여성들의 연대와 우정, 여성의 성장을 성공적으로 보여주지만 끝에서 바로 그 로맨스 판타지의 문법을 파괴한다. 마찬가지로 『남자 주인공이 없어도 괜찮아』(2019)의 주인공 첼시는 사회가 주입한 로맨스의 강박에서 출발하지만 모험을 통해 자신의 소명을 자각하고 성장한다.

여섯 살이었던 첼시는 "뭔가에 꽂히면 그것밖에 생각하지 못하는" 로드랭 집안의 딸로서 자신의 소명이 무엇인지 고민하고 있었다. 그녀의 뛰어난 소환술 재능을 시기한 숙모는 "어차피 나이 차면 안살림이나 할 텐데! 네가 사역마를 거두는 데 무슨 의미가 있다는 거야? 전부 시간 낭비일 뿐이야!"라고 소리친다. 숙모의 섣부른 말에 어린 첼시는 자신의 역할이 시집가서 살림하는 것이라 굳게 믿게 되고, 동시에 자신이 읽었던 동화들을 떠올리며 "진정한 사랑"을 찾아야 한다고 생각한다. 진짜 "진정한 사랑"이 뭔지 정확하게는 몰라도, 동화에서 중요하다고 입을 모아 말하는 것을 보아 무척 가치 있는 일임에 틀림없다고 믿었기 때문이다.

그리고 "진정한 사랑"에는 "백마 탄 왕자"가 필요했다. 약혼자인 7황자 카르멘을 만난 첼시는 그의 외모에 반해 그가 자신의 '왕자'임에 틀림없다고 믿어 의심치 않는다. 그 뒤로 첼시는 자신의 재능은 팽개치고 오직 그의 아내가 되어 진정한 사랑을 이루기 위해 노력한다. 하지만 성장하면서 그녀의 과도한 정열이 부담스러웠던 카르멘은 그녀를 사랑하지 않는다고 고백함으로써 첼시를 "헤브람 제국에서 가장 슬프고 비참한 소녀"로 만든다. 이 순진한 소녀에게 진정한 사랑이 없는 결혼이 가능하다는 발상은 존재하지 않았다.

하지만 실연을 계기로 모험을 떠난 첼시는 그 모험 속에서 여러 경험을 하고, 자신과 전혀 상관없는 낯선 이를 구하기 위해 모든 걸 바치는 사람을 목격하면서 자신의 진짜 소명을 깨닫는다. "난 사람을 구하기 위해서 태어났구나. 이 얼마나 가치 있는 소명일까."

사회가 주입한 로맨스의 환상은 첼시에게 억압으로 기능했고, 실연을 계기로 첼시는 자신이 진정 원하는 것이 무엇인지를 깨닫는다. 로맨스 판타지의 틀 안에서 바로 그 로맨스를 부정하는 것이다.

로맨스나 로맨스 판타지 자체가 문제적인 장르라는

이야기를 하려는 것은 아니다. 록산 게이는 『나쁜 페미니스트』에서 1억 부 이상 팔린 세계적인 베스트셀러 『그레이의 50가지 그림자』를 전체적으로 우스꽝스러운 작품이라고 평가했다. 이 작품은 대학원생 여성과 부유한 실업가 사이의 과격한 성애 묘사와 사도-마조히즘 연애를 그려 큰 화제를 모았다. 당시 미국의 언론은 앞다퉈 노골적으로 여성들의 성적인 욕망을 자극하는 작품이 선풍적인 인기를 끈 '기이한' 현상을 보도했다. 록산 게이는 이처럼 호들갑을 떠는 언론의 태도를 "대다수의 여성들이 무언가에 매달리기 시작하면, 언론은 곧바로 광분하며 이 새로운 여성성의 신비를 이해해야 한다고 말한다. 특히 그 무언가가 여성의 욕망과 관련이 있다면(마치 여성의 욕망은 획일적인 것처럼) 이 광분의 정도는 더 심해진다"*라고 날카롭게 지적했다. 여성들이 에로틱한 상상, 혹은 과장되고 이상화된 이성이나 연애 이야기를 즐기는 것은 지극히 당연하고 정상적이며 평범한 일이다. 왜냐하면 다양한 여성들이 매우 다양한 욕망을 갖고 살고 있으므로. 그것이 누군가에게 평가당하고 재단당할 이유는 조금도 없다. 더불어 굳이 바라자면, 이 여성들이 만들어내는 이야기들에 보다 너그럽고

---

* 록산 게이, 노지양 역, 『나쁜 페미니스트』, 사이행성, 2016, 175, 176쪽.

그리고 다시, 새로운 이야기의 세계에

보다 단단한 연대가 뒷받침해주기를 바랄 뿐이다.

어떤 욕구는 접했을 때에야 비로소 그 존재를 자각하게 된다. 나는 이렇게 많은 여성의 이야기를 읽게 되기 전까지는 자신이 그 동안 의식하지도 못한 채 남성들의 이야기를 읽기 위해 노력하고 있었다는 사실을, 그리고 훨씬 많은 여성들의 이야기를 원한다는 사실조차 깨닫지 못했다. 나는 최근 몇 년 동안 페미니즘을 향한 독자들의 요구와 작가들의 다양한 실험, 그리고 웹이라는 미디어의 특징이 맞물려 장르의 전형성이 깨지고 새로운 이야기가 끊임없이 시도되면서 때로는 실패하고 때로는 성공하는 현장을 목격했다. 이 역동적인 변화는 어쩌면 잠깐의 유행으로 끝날지도 모른다. 하지만 이것은 분명 대중문화가 갖는 폭발적인 생명력이다. 그 안에는 무수한 가능성이 존재한다.

그리고 나는, 그 속에서 앞으로 로맨스가 있을 수도 있고 없을 수도 있는, 여성들의, 여성을 위한 이야기가 태어날 가능성이 있다고 보고, 기대하고, 응원하고 싶은 것이다.

로맨스 판타지에 입문하고 싶은 독자들을 위한 진단표

Q | 나는 [   ]에게 사랑받고 싶다.

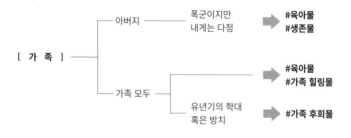

[가 족]
- 아버지 ── 폭군이지만 내게는 다정 ➡ **#육아물 #생존물**
- 가족 모두
  - ➡ **#육아물 #가족 힐링물**
  - 유년기의 학대 혹은 방치 ➡ **#가족 후회물**

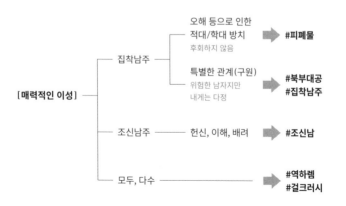

[매력적인 이성]
- 집착남주
  - 오해 등으로 인한 적대/학대 방치
    후회하지 않음 ➡ **#피폐물**
  - 특별한 관계(구원)
    위험한 남자지만 내게는 다정 ➡ **#북부대공 #집착남주**
- 조신남주 ── 헌신, 이해, 배려 ➡ **#조신남**
- 모두, 다수 ➡ **#역하렘 #걸크러시**

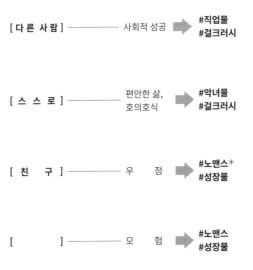

[다 른 사 람] ———————— 사회적 성공 ➡ **#직업물**
#걸크러시

[스 스 로] ———————— 편안한 삶, ➡ **#악녀물**
호의호식 **#걸크러시**

[친 구] ———————— 우 정 ➡ **#노맨스***
#성장물

[ ] ———————— 모 험 ➡ **#노맨스**
#성장물

* '노 로맨스'의 줄임말

책에 언급된
로맨스 판타지 작품 목록

작가	작품	주요 연재처*
정경윤	김비서가 왜 그럴까	카카오페이지
하늘가리기	루시아	카카오페이지
정유나	버림받은 황비	카카오페이지
윤슬	황제의 외동딸	카카오페이지
비츄	왕의 딸로 태어났다고 합니다	카카오페이지
주해온	악녀의 정의	카카오페이지
꿀이 흐르는	슈공녀	카카오페이지
우수빈	하녀, 여왕이 되다	카카오페이지
몽탕	호수에 던지는 돌멩이	시리즈
시야	나는 이 집 아이	카카오페이지
산소비	악녀는 모래시계를 되돌린다	카카오페이지
태선	치트라	카카오페이지
구름고래비누	시녀로 살아남기	카카오페이지
이지하	공작 부인의 50가지 티 레시피	카카오페이지
한민트	악녀는 두 번 산다	카카오페이지
미나토	인형의 집	시리즈/북큐브/리디
재겸	여왕 쎄시아의 반지	카카오페이지/시리즈
알파타르트	재혼황후	시리즈
권겨을	악역의 엔딩은 죽음뿐	카카오페이지
금눈새	그 오토메 게임의 배드엔딩	카카오페이지
이르	계모인데, 딸이 너무 귀여워	카카오페이지
솔체	울어봐, 빌어도 좋고	시리즈
해화	사내맞선	카카오페이지
린아	진짜 딸이 돌아왔다	카카오페이지

* 무료 연재처는 제외하며, 여러 곳에서 연재할 수 있다.

** 유료 연재 개시를 중심으로 하되, 정확하지 않을 수 있다.

*** 원 소스 멀티 유즈(One Source Multi Use)의 줄임말. 하나의 콘텐츠를 다른 매체로 전용하는 것을 뜻한다. 현재 웹소설은 웹툰, 드라마, 영화, 게임 등 다양한 매체의 원천 콘텐츠로서 인기를 얻고 있다.

연재년도**	키워드	OSMU***
2012	#걸크러시 #오피스러브	드라마, 웹툰
2014	#회귀 #북부대공	웹툰
2014	#회귀 #성장	웹툰
2014	#환생 #생존 #폭군	웹툰
2015	#환생 #생존 #폭군 #남존여비	웹툰
2016	#걸크러시 #빙의	웹툰
2016	#회귀 #조신남주	
2016	#회귀 #조신남주	
2016	#회귀 #걸크러시 #조신남주	
2017	#힐링 #성장 #가족애	웹툰
2017	#회귀 #복수	웹툰
2017	#환생 #게임 #역하렘 #일처다부제 #탈코르셋	웹툰
2017	#책빙의	
2017	#빙의 #직업물	웹툰
2017	#회귀 #걸크러시 #북부대공	웹툰
2017	#빙의	
2018	#환생 #직업물 #조신남주 #탈코르셋	웹툰
2018	#걸크러시	웹툰
2019	#게임빙의 #생존	웹툰
2019	#게임빙의 #우정	
2019	#환생 #육아 #가족힐링	
2019	#피폐	
2019	#오피스러브	드라마, 웹툰
2020	#성장	

.

어느 날
로맨스 판타지를
읽기 시작했다

처음 펴낸날 2021년 5월 6일

지은이 안지나
펴낸이 주일우

편   집 김소원, 이은영
디자인 권소연

펴낸곳 이음
등록번호 제2005-000137호
등록일자 2005년 6월 27일
주소 서울시 마포구 월드컵북로 1길 52
전화 02-3141-6126
팩스 02-6455-4207
전자우편 editor@eumbooks.com
홈페이지 www.eumbooks.com

ISBN 979-11-90944-17-5 03800

값 15,000원